山川行知遥

常荣军 著

团结出版社

·北京·

图书在版编目（ＣＩＰ）数据

山川行知遥 / 常荣军著 . -- 北京：团结出版社，
2025.1. -- ISBN 978-7-5234-1033-2

Ⅰ . I267

中国国家版本馆 CIP 数据核字第 2024K3T282 号

封面题字：修福金
责任编辑：王宇婷
封面设计：阳洪燕

出　　版：团结出版社
　　　　　（北京市东城区东皇城根南街 84 号　邮编：100006）
电　　话：（010）65228880　65244790（出版社）
　　　　　（010）65238766　85113874　65133603（发行部）
　　　　　（010）65133603（邮购）
网　　址：http://www.tjpress.com
E-mail：zb65244790@vip.163.com
经　　销：全国新华书店
印　　装：三河市东方印刷有限公司

开　　本：147mm×210mm　　32 开
印　　张：8.125　　　　　　　字　数：150 千字
版　　次：2025 年 1 月　第 1 版　　印　次：2025 年 1 月　第 1 次印刷

书　　号：978-7-5234-1033-2
定　　价：58.00 元
　　　　　（版权所属，盗版必究）

序

修福金

我和常荣军先生既是政协同事，也是统一战线挚友，他是爱诗的人，我是喜欢颂诗之人，他是摄影爱好者，我是喜欢欣赏他摄影作品之人。感情亲如兄弟，诚如杜甫诗云"由来意气合，直取性情真"。在统战缘、政协情和履职路上，我们都有时空交集。享受退休生活后，大家有了更多的时间见面，相谈中常有收获，总有感动，或烹茗，或煮酒，有时家中略备粗茶薄酒，更是雅兴陶然，可谓"当筵遣兴，佐酒增欢"，颇合古意。人之相识，贵在相知，人之相知，贵在知心。荣军是个富有生活情趣的文人，才思俊逸、笔下生辉，大家都是十分佩服的，他邀我为新书作序，是多年的感情和信任，虽自感笔力笨拙，却不能辜负这一份盛情。

一本《山川行知遥》的书稿拿在手上非常有分量，汇编有履职、立言、读书、修身、交游、品艺、怡情等几十篇美文，写作之精妙、学识之广博、道理之深入浅出，承载的是作者数十载的人生积淀，文字中涌动着一种信心和力量，读来意蕴悠长，令人感佩。文论游记以小见大，常作别出心裁之语，体现了荣军理解不同民族和地域文化精深的学者一面。散文诗话自由张扬，便是荣军富有诗情、浪漫缱绻的诗人一面。学养、性格，都与他的写作密切相连，"文章合为时而著，歌诗合为事而作""为时代放歌"是他文字不变的主题。抚卷沉思中，沉浸在所言所著，仿佛游历其间，怡然自得，不亦快哉。一本《山川行知遥》的"分量"更体现在，身为与荣军多年相知、知深的老友，我于无字处读到的，是他对党的统一战线事业、人民政协事业的深厚感情和敬业精神，读到的是他作为一名统战"老兵"和"老"政协人，那一份深沉厚重的家国情怀，感悟到统一战线事业和人民政协事业的蓬勃生机和旺盛活力。《山川行知遥》是一部大爱之作，体现了荣军在宋庆龄基金会主持工作所积累的大善情怀。

　　"文史旨趣，历久弥新；家国情怀，历久弥深。"荣军在书中回忆起四十年前的经历，从最初作为小组秘书为委员服务，又到亲身作为委员履职尽责，再到在政协机关为委员服务又履行委员职责，"在时空的变换中角色也不断变换，但不变的是与政协的情缘"。他从自己的经历里理出一条历史脉络，给时间注入温度，生动记述了那些从历史的革故鼎新中走来的人们，他们的风雅、风骨，甚至只字片语，也是一个社会的缩影，更是一个时代的生动注解。历史掌故，妙趣横生，犹记得在《曼妙从心》中谈到的一则逸闻，令人印象深刻，"据说当初一支汉族商队路经此地时，请教偶遇的喇嘛此为何处，喇嘛因为听不懂汉语，随即用藏语答道'磨西'。藏语中的'磨西'，在汉语中是'不懂'的意思。阴差阳错，错进妙出，外人不知何名的古镇，却因为'不懂'而扬名立万"。读到此处忍俊不禁之余，也看到了荣军在历史考据方面的不遗余力，还有他作为历史专业出身，在工作中考据、考证、钻研、注解、阐述的良好研究习惯，这些点滴记述对文史资料也是有益补充。

从《美林谷的秋天》《李济深故居——一段历史的窗口》到《难忘的五十七号寝室》《普洱茶的烟火味》《备考在放羊中录取在修车时》，荣军或谈茶论道，或回溯往事，时空交替，茶香氤氲中，无不情真意切，闲澹天真，是一个敞开的精神世界，眼界开阔，感慨遂深，意蕴悠长，耐人回味。他对自然景物的描绘有如青山远黛、近水含烟，这种大巧不工的自然呈现，是胸中勃勃遂有画意，志之所之也，即成章见辞。这些悠扬的文字，展示了他对美的探求，对时光流逝的思考，还有他以赤子之心面对事业和人生的热爱。这种"悦"读，更像是在与作者对话，于文字之美中遇见赤子之心，使人真切感受到荣军葆有至善至真的本性，可见读书和写作在他立身、立德、立言、立业中的巨大作用。

　　"一方水土养一方人。"不同的地域环境，不同的生活阅历，形成作家不同的艺术风格。因为与荣军相识，使我得以更加深入地阅读与理解他的作品。好的作家总有故土情怀，荣军作为长期生活在北方的云南人，其作品也是"南人北相"，既有时间的跨度，也有地域的跨度，以点带面，一线串珠，异彩纷呈。难得的是，他用数十载厚积的丰富阅历，为作品赋予灵魂、插上翅膀，把读者的心绪带到充满阳光、充满温暖的地方。书香四溢，浸润心灵，享受阅读之美。

　　"山川行知遥"语出欧阳修《奉使契丹道中答刘原父桑乾河见寄之作》，一个执着的写作者，一定是在不断前行的路上。我用醉翁诗中最后一句煞尾——"君行我即至，春酒待相邀。"

　　祝贺荣军新书付梓！

　　是为序。

2024 年元月写于京

目 录

一、岁月行走

美林谷的秋天

　　美林谷的秋天，真的难以用一两句话来形容。美林谷，名美，景色更美。冬滑雪，夏避暑，春赏花，秋览胜，四时风光，各美其美，而尤以秋季为最，是自驾游、愉悦身心的最佳去处。也正因为如此，惹得人不止一次地于仲秋、暮秋时节亲近之。

　　美林谷的秋天是多彩的，多彩的不仅是几种色彩的任意涂抹，更是其构成秋景元素的丰富多样。

　　美林谷的多彩，是在一个环形约 37 公里，面积约 120 平方公里的谷里由上苍和人们合作而成的一幅巨大油画。这里汇集了起伏的山谷，潺潺的小溪，次森林中松树的青，白桦树的黄，枫树的红，几片不大不小的草地，薰衣草、向日葵、格桑花以及散牧的牛、羊、马点缀其间；在有限的调色板上，浸润开去的五颜六色和各种自然元素。天然的山谷、小溪、森林和非天然的薰衣草、向日葵、格桑花，交融得那么自然，那种无须言说的默契，渲染得使人有一种我就是秋天，秋天在我心中的契合与互补、互动。在这里，真真有一种一转身，我融进了秋天，一回眸，秋天为我而生之感。

　　美林谷的多彩，是其给予游人以多样的选择与体验。在这里，不仅可以投闲释怀、健身娱乐、感受自然、野外拓展，而且，朝晖夕阴，各得其趣。给予是多样的，主观的感受自然就丰富多彩。来到美林谷，可住四星级酒店，可到农家乐住宿，可将房车开进营地，也可在白桦树下、草地上支起帐篷，各取所好，各得其乐。对摄影爱好者来说，人在画中游，大景小品，移形换步，移步换景，信手可得。当年，由著名音乐家王立平老师作词作曲、郑绪岚演唱并风靡全国的《太阳岛上》一歌中唱道："明媚的夏日里天空多么晴朗，美丽的太阳岛多么令人神往，带着垂钓的鱼竿，带着露营的篷帐，我们来到了太阳岛上……"如将这句歌词稍作调整，将《太阳岛上》换为《美林谷中》，将"夏日里"改为"秋日里"，将"带着垂钓的鱼竿"改为"带着手机自拍杆"……一定会有"同曲异工"之妙。

美林谷的秋天是静妙的，静妙的不仅是大自然的神奇造化，更是大自然与游人内心的呼应以及这种呼应带来的守虚处静。

美林谷的静妙，是临秋光而得雅意。秋色的空灵，人随景静，景引人空。放眼皆风景，心中无尘埃。放开身心，置身其中，只觉得心静、心净、无俗、无争，了无尘忧，有悠闲自得的清欢和怡然，有"此心不动，随机而动"的宁静和淳澹。清清的草香，漫撒的落叶，如影随形的秋阳，使时光温润。正如古人范仲淹在《岳阳楼记》中所言："登斯楼也，则有心旷神怡，宠辱偕忘，把酒临风，其喜洋洋者矣。"美林谷的酒杯，完全可以浇融游人心中的块垒。

美林谷的静妙，不仅是空寂，更是"蝉噪林逾静，鸟鸣山更幽"的静好。穿行谷区的公路两旁，有几条进入各种景区及营地的便道。车辆、游人一下道，便如秋叶入林般化入桦树林、草原、山谷之中，静静地，了无喧嚣、曼妙天成。林间清脆的鸟鸣，树上、小道上窜上窜下、窜来窜去的小松鼠，对陌生的游人并不惊诧，依然故我。冷不丁扑腾腾飞起的彩雉、投林的飞鸟，瞬间又将动与静闪回。人与自然的静处与和谐，不时展现眼前。

美林谷的秋天是有烟火的，这个烟火不仅是人间的，也是心间的。

美林谷的人间烟火，是星罗棋布、点缀林边、山谷中的农舍。晨曦中、夕阳下村头袅袅升起的炊烟，如诗如画。悠然自得的牛、羊、马，鸡鸣村角、犬吠树下，是怎样一幅乡井生活画图。农家乐中，铁锅炖公鸡、土豆焖豆角，料真味正；来自山中的蘑菇，或炒或炖，清香自然。回味就是回忆。"人间最有味的，就是这清淡的欢愉"，信然。

美林谷的心间烟火，是"行人无限秋风思，隔水青山似故乡"清虚淡远的情致。青少离家，上山下乡当知青，外地求学、工作，与父母、家乡聚少离多。不记得是谁写过的一段话，大意是，人因为走得远，所以才要回。人回得最多的地方其实不多，就那么一两个，最多的就是故乡。因为未来，远离故乡，因为未来，怀念故乡。触景生情，遥远的记忆，淡淡的乡愁，氤氲在美林谷的秋天里。那一种似是而非和似实而虚的农耕文明、游牧文明、乡田同井的生活，在绚烂可人的秋色中，静静地归于平淡，水波不兴，风息澜安。

美林谷位于北京东北方向 300 多公里处，属内蒙古赤峰市喀喇沁旗，沿京承高速出承德继续东北向，再行 100 多公里即可抵达。仲秋时节的美林谷，秋山清朗，多彩如许。落叶一季秋，万千白桦树叶的黄，枫树叶的红，随风飘移，撒地成金，撒地成丹；啁啁鸟鸣，风穿丛林，声声几许总关情。到美林谷，堪可满足你对秋天的想象和向往；到美林谷，"我觉秋兴逸，谁云秋兴悲"……

（刊于 2018 年 10 月 20 日《人民政协报》，

收入本书时略作改动）

漫步于哈瓦那的清晨

5 月的哈瓦那清晨，漫步于离全国政协访问团驻地古巴国家饭店 200 多米远的海滨大道，放眼望去，天澄如洗，海平如镜，初暾如轮。海滨大道上稀少的行人，不时驶过的色彩艳丽的老爷车，一天的开始是那样的闲适、悠长。这对我们来说，恍若时光交错，有隔世之感。在海边驻足停留，一艘客轮在晨曦下由南往北驶过，与客轮身后冉冉升起的旭日形成一个有趣的切面：客轮离光晕的中心越近，轮廓越模糊，亮光下的物体，阴影更重。

哈瓦那与北京有 12 个小时的时差，作息相错，晨昏颠倒，清晨本应空灵的大脑，却时而清澈，时而混沌，但并不妨碍到古巴两天多来的所见、所闻、所想，相拥而来……

在古巴期间，听得较多的一句话是：古巴正在进行经济社会模式更新。具体更新内容，据了解主要是三个方面，一是古巴全国人大通过《外国投资法》，鼓励外资进入除医疗、教育、国防之外的领域；二是承认非国有经济是国民经济的重要组成部分；三是认识到市场对经济发展的作用。古巴在 1959 年 1 月 1 日卡斯特罗领导建立革命政府后不久，即受到美国的经济、贸易、金融封锁和制裁。几十年来，风雨如磐，筚路蓝

哈瓦那的日出

缕，加勒比海畔的一盏明灯始终不息，其坚韧、倔强令人感佩。古巴在抵抗封锁制裁、坚持自己发展道路的同时，本世纪以降，也顺势开始了内部政策的调整和经济社会模式更新。这个调整和更新，是发自内心的、自觉的。世界是多元的，在多元世界里，古巴坚持走适合自身特点的道路，走本国人民认为合适的道路，为多元世界的琳琅满目、百花齐放奉献自己的一抹亮色。古巴的色彩是斑斓的，古巴的文化是多元的。经济以计划经济体制为主，政治上实行一党制，而这一以天主教信仰为主的国度，又允许有的信教者加入古巴共产党。古巴奉行尊重各国主权和领土完整、尊重民族自决权、反对干涉别国内政的外交政策，而关塔那摩海军基地迄今仍被美军占用。相互矛

盾而又和谐共存。存在决定意识，一元基础上的多元及多元和
谐共生，确是大千世界的不二法门。

　　古巴真是老爷车的俱乐部。各式各样、色彩各异的带有
浓郁汽车废气的老爷车，或呼啸而过，或优雅缓行，或驻足待
客，这真正构成了美丽哈瓦那的一道亮丽的风景线。抽暇在路
边举着相机拍一会，就能拍到不少不同款、不同色的老爷车，
而且多数还是敞篷的。不过，发动机的轰响，呛人的尾气，还
真有点受不了。老到 20 世纪四五十年代的汽车，许多竟然还
能在路上行驶，说明许多事情都有两面性，有所取必有所舍，
有所禁必有所宽，封锁制裁的结果，关上了一扇门，必然打开
一扇窗；说明古巴有不少良工，良工必有所成，修旧、复旧的
水平可以化腐朽为神奇；说明古巴人天性之乐天知命，给点阳
光就灿烂。迷人的热带风光，老爷车载着衣着轻薄、短小、时
尚、光鲜的游客驶过海边，穿梭于老城区的古老文化与新区的
现代化建设浑然一体的街区，说不出乘车者是怀旧还是追求混
搭，说不出是谁打翻了调色板还是本该如此。也许，这就是各
美其美、美美与共。

　　古巴有两个产品是世界知名品牌，一是雪茄烟，因为有
名，离境时一个人只能携带 50 支，若超过 50 支，则需有正规
商店出具的发票及副本，否则一律没收。二是朗姆酒。因戒烟
已久，不能"复辟"，古巴之行没有购买也没有品尝雪茄烟，
朗姆酒倒是与几位同道自费小试了一下，特别是经勾调配的一

款"自由古巴"，构成别有意趣，味蕾反响多样，入口感受自知。"自由古巴"以朗姆酒为基酒，兑上可多可少的有美国文化符号的可口可乐，配以薄荷叶即成。古巴为主，美国为辅，世界通用的薄荷叶提味，是"自由古巴"还是"古巴自由"，酒乎？文化乎？抑或仅仅是酒吧调酒师一次无意之作，结论不得而知。酒有三德，曰明心，曰去伪，曰发精神。三五知己，一杯在手，或酒酣耳热，或酒至微醺，是什么、为什么已不重要，重要的是心情、是体味、是感触、是交融。

有人言，大多数人因为看见而相信，只有少数因为相信而看见。在古巴的所见、所闻、所想，不知属于多数人还是少数人。

（刊于 2017 年 6 月 3 日《人民政协报》，
收入本书时略作改动）

有感于蒙得维的亚的"蒙"

　　蒙得维的亚，乌拉圭东岸共和国首都，位于南美洲东南部，濒临大西洋，可以说是离我国最远的一个国家的首都了。随全国政协代表团访问乌拉圭，从北京到西班牙马德里，飞行 11 个半小时，到古巴哈瓦那，飞行 9 个半小时，经秘鲁首都利马转机飞行 5 个半小时，再飞近 5 个小时方才到达，全程 30 多个小时。"坐地日行八万里，巡天遥看一千河"，那是何等气壮与豪迈。连续乘坐飞机，天上地下，白天黑夜，大脑真"蒙"了。但真正的"蒙"，却是到了蒙得维的亚的"蒙"。

　　出访前做功课知道，乌拉圭国土面积 17.62 万平方公里，人口 346.7 万，其中白种人占 91%，66% 的居民信奉天主教。乌拉圭实行自由经济政策，农牧业较发达，工业以农牧产品加工为主，服务业占国民经济的比重较高。2015 年国内生产总值 549.7 亿美元，人均 16092 美元。城镇化率较高，城镇人口占总人口的 92% 以上。政府对失业、退休、残疾、妇孺、工伤、疾病等均提供福利补贴，并实行满 30 年工作退休制，实行免费义务教育。乌拉圭还是联合国十大维和人员派遣国之一，有 2500 多名士兵在海外执行任务。乌拉圭人称自己为

"伟大的肉食主义者"，是世界上人均消费肉类食品最多的国家之一，是南美著名的旅游度假胜地，被称为"南美瑞士""钻石之国"。这一系列耀眼的数字、称谓和头衔，使我对乌拉圭这个经济社会发展进入"发达状态"的国家之行，有相当的期待。

结果，想象很丰满，现实有丰满但更骨感……

清晨抵达蒙得维的亚，连续的飞行，头脑是"蒙"的。开展考察访问后，蒙得维的亚真正使我有点"蒙"了。

其一，所见到的城市建设、公共设施等，如同碰到的蒙得维的亚的清晨，有些灰蒙蒙的，难得有亮丽闪过，似乎没有身在"发达状态"而是"发展中的状态"。问为何如此，答：政府积聚在手中的财力有限，相当一部分开支用于文教卫生领域了，难以调度更多的资源开展成规模的公共设施建设。又言：一届政府为政一时，难以在周期长、见效慢的项目上投入更多精力。解答似乎说得过去，但仍觉得不够明晰，有"瞻之在前，忽焉在后；瞻之在左，忽焉在右"之感。

其二，有道是富观其养，富观其所与。看到街上很少名牌车、豪华车的状况及较为朴素的民居房时，以为政府财力有限、民间财富应该丰沛的臆想有了误区，种种表象体现不出人均 GDP 达 16000 多美元的水平。一切使人有说不清，道不明之感。在询问探讨时有多种回应，有一种很现实：乌拉圭人力成本较高，物价水平较高；有一种很有喜感：乌拉圭人生活压力小，无忧无虑，幸福感高，容易满足。回应似乎答非所问，似乎又藏有玄机，妙哉。不过，以"伟大的肉食主义者"自诩的国家，遇见的大腹便便者确实不多；除路上的车开得急吼吼之外，多数行人闲庭信步，优哉游哉，少见行色匆匆者。

其三，乌拉圭教育、医疗免费。九年义务教育免费，公立大学和专科学校免收学费。因时间有限，实际教育、医疗免费情况了解不多。只是听说，质量和服务水平等有待提高；在公共医疗机构就医有时排队等候时间过长，极而言之，有的排上时人已归西。其余"蒙"的事还有，居民信奉天主教的占多数，但沿途没见到一所教堂，是因为其在南美属世俗化程度较高的国家吗？乌拉圭足球在世界足坛享有盛名，是第一届世界杯冠军获得者，之后又捧回一次大力神杯，还两夺奥运会足球金牌。但一路走来，鲜见足球场和踢球的孩子。

"远近青山画里看，浅深流水琴中听。"在领略南美迷人的风情、蒙得维的亚的朦胧印象之后澄静下来，却对蒙得维的亚的"蒙"有了一些新的感悟：蒙得维的亚的"蒙"是"萌"而非"蒙"，"萌萌哒"的"萌"。远近高低、角度不同，感受不同，如饮胡安尼克老酒庄的葡萄酒一样，味蕾打开，单宁、花香、果香等才能慢慢品鉴；对国家来说，GDP 的量级很重要，决定着在世界的排位，但同样重要的是老百姓是否都"与有荣焉"，获得感与幸福感如何；教育、医疗免不免费，关键看老百姓得到多大的实惠。回过头来看，作为发展中国家的我们，在许多方面，实际已体验到了"发达状态"的获得感与幸福感。我们有充分的理由信心满满地走向未来。

（刊于 2017 年 6 月 17 日《人民政协报》，

收入本书时略作改动）

曼妙从心

磨西镇位于四川省甘孜州泸定县南部，古道慢别院则在磨西镇中心区的古道旁。旅次至磨西镇已然让人流连忘返，如再住古道慢别院几日，真是行旅中的诗意栖居了。

磨西镇因为长——历史悠久而留名。汉代时为磨岗岭古道，是唐蕃古道、茶马古道的重要驿站，清末民初格调的建筑鳞次栉比。因为古老，人们习惯称之为磨西古镇。磨西镇因为景——进入海螺沟冰川森林景区的沟口而知名，是领略低海拔现代冰川、大面积原始森林和冰蚀山峰的必经之路。磨西镇因为红——中国工农红军北上进入甘孜藏区第一镇，毛泽东主席在此召开磨西会议而著名，至今仍完整地保留着磨西会议旧址和毛泽东主席住过的房间。时至今日，说不清是海螺沟因磨西镇而暴得大名，还是磨西镇因海螺沟而声名远播，也许还真是难分伯仲、相得益彰。如同挥手告别古道慢别院时的惜别之情，说不清是因磨西镇还是古道慢别院而暗生情愫，或者二者兼而有之，或者根本就搞不清楚，也不必搞清楚。不过，有一点是肯定的，虽然摄人心魄的自然景观往往令人久久难忘，但真正常驻心里、心心念念的却是氤氲着文化底蕴的那一镇、那一院、那一屋。

　　雪峰、山峦、森林环抱着的，冰川融水滋润着的磨西镇，初春时节的和风下，民居与油菜花相连，古道与田埂相望。彝族、汉族、藏族同胞杂居，常住人口 6000 多人，"乡田同井，出入相友"，一派山地农居村镇风貌。关于磨西之名，有两种说法。一谓从古羌语而来，意为"宝地"。宝地之说，于古于今，于山于水，于人于事，倒是名副其实。但流传较多的第二种说法更加有趣。据说当初一支汉族商队路经此地时，请教偶遇的喇嘛此为何处，喇嘛因听不懂汉语，随即用藏语答道："磨西"。藏语中的"磨西"，在汉语中是"不懂"的意思。阴差阳错，错进妙出，外人不知何名的古镇，却因"不懂"而扬名立万。晨曦中、夕阳下，徜徉在保留较为完整的古镇老街区，行走在青石板铺成的古道上，用脚步丈量和探究着写满古朴风格的各式民居和街道的悠长历史，一派古色古香，是那么的深沉凝重，一切虽脉脉不语，却亘古不灭。三三两两身着民族服饰的居民，有的缓步走来，有的翛然安坐自家屋檐下，"终日澹无事，一窗宽有余"的悠然自得、安详舒缓、知足恬淡，不由自主地散发出来的一阵阵人间烟火，真应了王国维先生的一句话，"淡语皆有味，浅语皆有致"。身临其境，人随之放下、放空、放平、放心、放手，"不知有汉，无论魏晋"，岂不可得乎？

　　古道慢别院，一经历沧桑的天津海归中年男子旅行至此，遇到了身心安放处，随即租用民居加以装修而成的小客栈。巧的是，古道慢别院与"磨西会议"旧址，以及由法国传教士始建于 1918 年的天主教堂融为一体，形成一个完整的中西合璧的院落。传统基因、红色元素、舶来宗教，在地老天荒之地和谐共存，韵味别样。古道慢别院，两层小楼，十来间散发着清清木香的客房里，纯手工打制的木质家具，当地石材打磨的洗手池，桌子上放着一本磨砂皮封面《关于我们——漫漫古道》的书，一切的素与简、淳与澹，淡淡地浸润开去。主人的厨房就是客人的后厨，主人也时常与客人同桌而食。而且，意想不到的是，在这透着陈旧的中式厨房里，竟然只做西餐，给客人只供给西餐套餐。一百年前法国传教士带来的西餐，中国化后在古镇成为唯一。小院里，一盘石磨伴两个石臼，两挂秋千对几张木桌，咖啡、茶、冷淡杯随喜。一只对客人欢喜有加的肥硕纯白犬，或随着客人进出客房，或安卧门槛。"人生有味是清欢"，此情此景，一股返璞归真之感油然而生。

春意阑珊，夜凉如水。坐在小院的木桌旁，捧着一杯普洱茶，在澄明中眼前似乎出现了这样的一幕又一幕：毛泽东主席在此运筹帷幄，作出强渡大渡河战略决策，金戈铁马，挥师泸定桥天堑，壮怀激烈；天主教堂弥撒的圣乐和祷告的钟声，弥漫出原住民原始而朴素的信仰；日复一日、年复一年的日出而作、日暮而栖、炊烟袅袅、鸡鸣村头的农耕生活场景；行旅绰约身姿，彝家少女轻盈步态的背影以及茶马古道上的马帮驼铃……时空交错，音像更迭，人事继替，这是怎样的一幅可以臆想而又无法落笔的画面。

古道慢别院院子好，名字更好。主人介绍，古道慢别院2015年落成。建别院，不求顾客盈门，日进数千金，但求与需要身心安顿一时之人分享。为了同好之人，在相邻处再建两个别院，古道茶别院已近完工，古道花别院即将投建。三个别院，花开几朵，各具特色。主人说，来古道慢别院的人是主，不是客，欢迎来过的再来，没来过的多来。在这里，可以让你切换一种生活方式，可以让你把所有的情怀与想象落地。此话言近旨远，让我心动。在中国传统文化士大夫心中、笔下，别院是住宅之外的偏院，为休憩、笔谈等的风雅之所。而此时，别院亦客栈，客栈亦别院，行旅几许，宿泊如许。古道慢别院五个字，"古道""别院"自不待言，"慢"字为曼从心。人生唯适意，如是我理解，曼妙从心，才能款款而来。

磨西镇与古道慢别院，曼妙从心。

（刊于2018年6月2日《人民政协报》，
收入本书时略作改动）

小岛上的坚守

全国教育大会甫结束，第 34 个教师节刚过，参加全国政协教科卫体委员会教师节慰问活动的政协委员一行，即抵达烟台市长岛县的砣矶岛中心小学。

走访、看望、交谈……短短的一个下午，我的脑海里填满了一个词：坚守。

砣矶岛中心小学占地 7 亩，建筑面积 3000 多平方米，而目前全校仅一年级、三年级、五年级三个班级及一个学前班，各班级学生分别为 6 名、10 名、4 名、10 名，共 30 名。由于一年级时招生太少，只能隔一年招一次，因而没有二、四、六年级。在编教师、支教老师、代课老师加起来共 8 名，全为女性。空旷的教室、操场在悄悄地诉说着砣矶岛中心小学的前世今生，诉说着她曾经的辉煌。曾几何时，学校作为集小学和初中于一体的九年制义务教育学校，在校生达 800 多人。那时候，朗朗的读书声，弥漫在校园里，洋溢在海岛上。

长岛县是山东省唯一的海岛县，从蓬莱阁乘船航行 40 多分钟方能到达，从长岛县城到砣矶岛，则需航行一个半小时左右。砣矶岛原住人口曾达 15000 多人。城市的虹吸效应，抽水机般地将青壮年、大中专毕业生抽离出去。有些人虽然还是砣矶岛上的居民，但仅是户籍上的意义，人户分离，成为时下一些乡村普遍的现象。人们对美好生活的向往及有些地方对美好生活供给不平衡、不充分的情况，促进了人口的流动。家长流向城市，子女也随之而行。一登簧门，虽不都是"天子门生"，毕业以后，也往往择高枝而栖，几乎没有回海岛的。但生活还得继续，总有一些人因这样或那样的原因，不论被动还是主动，仍坚守故土。所以，砣矶岛上仍有 4000 多居民。

有居民就有孩子，有孩子就要有教育。这就是砣矶岛中心小学老师们的坚守，这就是教育的坚守。

砣矶岛中心小学老师们的坚守是什么？我们从老师们的眼神里、脸庞上读到了——那就是对教师这份事业像信仰一般发自内心的热忱；那就是不论在什么条件下，不论学生的数量是几百、几十还是只有个位数，为了不让一个孩子辍学、失学、无学，"渔家儿女在哪里，老师就到哪里"的情怀；那就是对三尺讲台的执着，"坚守岁寒，青不改色"，安教乐教，永不放弃，行之有恒的价值追求。"心系海岛读书娃，甘把青春献渔家。"平凡的人，坚守着天底下崇高的事业。她们用实际行动，诠释着习近平总书记在全国教育大会上对教育工作者的深情寄语："做老师就要执着于教书育人，有热爱教育的定力，淡泊名利的坚守。"

砣矶岛中心小学老师们的坚守是什么？我从在编老师、支教老师、代课老师对名师的仰慕，对教学知识、经验的渴求

小岛上幽静的自然风光

上看到了——"敬业者，专心致志以事其业也"。在编老师的工作和待遇是稳定的，代课老师是临时聘用的，报酬每月不到 2000 元，支教老师在校的时间是短暂的，但她们无一不对提高自身教学水平充满渴望，无不抓住一切机会，向参加慰问活动的专家名师请教。"无一事而不学，无一时而不学，无一处而不学。"珍惜教师这份荣誉，珍爱教育这项事业。"明心见性"，那种发自内心不断提高、完善自己的向前、向上、锐意进取的本心本性，不因小岛的寂寞而消沉，不因学生的稀少而放松，不因待遇的微薄而懈怠，不因时间的短暂而停滞。她们用对三尺讲台的坚守，用对不断提高、完善自己的坚守，春风化雨，布叶流根，辛勤开拓着学生们美好的未来世界。

　　坚守是一种信念，一份责任。人生在世，总得有所坚守。坚守有大有小，有公德私节。坚守需要毅力，需要奉献。平凡可因坚守而不平凡，坚守可因信仰而更坚守。你坚守什么，坚守便回报你什么。坚守如是之者，可心安、心定，可心宽、心广，可心纯、心洁，可心美、心满。坚守如是之者，教育发展其庶几乎？

　　登上渡轮，离开小岛时，看岸边礁石的嶙峋，那是一种风骨；听拍岸浪花的声响，那是一种礼赞。我忽然想到，砣矶岛礁石的坚守，就像礁石永久承接日出日落一样挺拔，就像海水对海岸永久依恋一般柔情。因敬守而坚守，因坚守而敬守，循环往复，生生不灭。教师节虽然已经过去，但我依然要以一个曾当过学生，曾受过小学、中学、大学老师教诲的老学生的名义，向在砣矶岛上坚守的老师们致以诚挚的、崇高的敬意！

（刊于 2018 年 9 月 19 日《人民政协报》，

收入本书时略作改动）

诗意的康巴牧人小木屋

正是人间四月天，与友人自驾到四川康巴藏区放松身心，拍摄美景。薄晚时分，在甘孜州道孚县八美镇塔公草原，沿着一条村村通的路，几乎行驶到一条沟的尽头，在海拔 3800 多米处，终于找到了在"驴友"中颇具口碑的小客栈——康巴牧人小木屋。

一栋二层小楼，一栋与小楼相连的纯藏式小平房，外加一个小温室，就组成了这一小木屋。从外看，小木屋是藏区传统的石结构，木屋不知从何说起？进小木屋与到别的藏民居不同，从入门的过厅处换上拖鞋方能入内，不能随意登堂入室，更使人有一种别样的感觉。入内方才看到，小木屋石材其外，木材其内，外面粗粝，内里精致，加上招呼客人的外国女主人，初时的不解与别样的感觉有所释然。而这种释然，在两晚的住宿和早、晚餐及与女主人，其女儿、亲友的交谈中，"当时只道是寻常"，逐渐变成了有诗意的感觉。

一次邂逅，成就了诗意的结合。女主人一边操持着晚餐，一边招呼着客人，爱聊也会聊。小木屋的男主人是土生土长的康巴汉子，女主人祖上是匈牙利人，经意大利后移民至美国，定居在科罗拉多州。匈牙利主要民族是马扎尔族，也就是匈牙利族，与中国藏族中的一支——康巴藏族，族际关系是如此遥远，语言、风俗、文化、生活习惯是如此不同。人生不相见，动如参与商。邂逅，相遇，适我愿兮。如果没有对生活诗意的憧憬，如何能走到一起呢？其实，他们走到一起的过程，也充满了烂漫的诗意。

2002年，刚20岁出头、在重庆做志愿者的女主人与3位女友结伴到"跑马溜溜的山上，一朵溜溜的云哟"的康定旅行。向在康定街头设摊的康巴小伙购买藏式小吃后准备寻找晚间落脚点时，康巴小伙邀其四人到家中借宿，称不必再花住宿的钱。女主人用别有韵味的川音普通话娓娓说道，他家一个姐姐，两个妹妹，就他一个男孩。晚上，我们打地铺，只有他独享床上。第二天，他约我们以后再到康定，随他们家到牧区、住帐篷，体验游牧生活。第二年我们应约到了他们家放牧的地方，住进了他们的帐篷。有一天，遇到有些人来抢东西，他姐姐和妹妹负责保护孩子，男人们则掷石块抵御，最终有惊无险。女主人脸上洋溢着甜蜜说，我认为他们一家人都很好，他很勇敢，就喜欢上他了。情动于中而行于言，女主人有些得意地说，是我追的他，将他追成了老公。我追他时，他对我说，我听你的。话说到此，一串银铃般的笑声相随，将一段故事画上了句号。

本来还想同女主人聊聊"然后呢"，话到嘴边又咽了回去，"然后"的答案都写在女主人满是笑意的脸上，写在她身边那位在此出生、已10岁左右、生性活泼的女儿身上，写在她在此一呆已近 20 年的时间上。何必多次一问呢？还是同行的一位有趣：你的康巴汉子呢？晚上我们请他一起喝酒。女主人放下炖好的牦牛肉锅时回答，他在牧区回不来，我们家有 160 多头牦牛，由他负责放牧和管理，我负责管小木屋和家。然后放低声音说，不能让他喝酒，喝多了我就掌控不住他了。虽然，女主人给我们留下了一个谜，一直没见到她老公，但沉浸在故事的温馨里，我不禁想到一个不太贴切的描绘，女主人演绎着诗，男主人演绎着远方。他们就是诗和远方的结合。人是四方人，客是过路客，我们几个过客就负责分享吧！

　　康巴牧人小木屋孤独地伫立在山脚下，前不着村，后无近邻，不论远观还是近瞧，似乎总有两种观感并行不悖又相互交织，既自得于孤独的美，又与周遭浑然一体；既隐于山间，憩于雪与云，又结庐在人境，结缘有缘人。此一时彼一时，此彼又成一时，头绪理不清了。人心所动，物使之然也，头绪理不清也不用理了。康巴牧人小木屋是女主人到塔公草原后，2014 年与丈夫合力建成并开始经营的。二层小楼，一层起居室、餐厅、厨房为一体，并隔出一部分为主人用房。二层有比三星级酒店设备还好些的四间客房，可供八人住宿。小平房里有专为真正"驴友"预备的十人通铺。小木屋早餐为西式，中、晚餐为藏式，按先客后主顺序用餐。一个开放式吧台，里面由女主人操持饭菜，外供客人歇息。一个围炉，几块木柴，解决一楼和二楼的取暖；一张木几，几个藏式沙发，墙壁上挂着几顶藏族毡帽，几套藏族服装和藏族人家常有的一般饰品，看不到来自西方的摆件，也没有电视、音响，只有可供九人使用的移动信号。照明用自家安装的太阳能，肉食来自自家牧场，蔬菜取自自家小温室，似一座完全自给自足的孤岛。一切的一切，是那么的纯简自然，舒心随性。身临其间，真有些返璞归真、半仙半俗之感。唯淡唯和，乃得其养。清简蕴藉，殊有别趣。

晚餐后，一行中的女性帮着女主人收拾利索，慵懒地围炉而坐，喝着自带茶冲泡的水，无电视可看，无音响可听，手机也不看了。茶水没了再续，茶淡了重泡。用眼、用耳、用心体会这一特殊木屋中有形与无形的韵味。藏语讲得比普通话还好的小女主人，一直赤着脚，着短袖 T 恤衫，像穿花蝴蝶一样，与她的表哥、表妹，忽悠而来，忽悠而去，在不断的笑声中用藏语表达着孩童的天真。除小女主人 19 岁的表哥外，两个小女孩，还不时地掺和女主人做些帮忙中添乱、添乱中帮忙的事。其一家人，不论客人是谁，都不生分见外；不论何时何事，都散发着悠悠的亲情，浓浓的世味。我逮住 19 岁的小康巴汉子聊天时，有意问，你怎么称呼你舅舅的夫人时，我很诧异他的说法：在我们这里，嫁入的没有血亲关系的不算亲戚，我只叫她的名字。女主人调侃了一句，这种风俗文化不太好。小康巴汉子紧接着补了一句，只要是一家人，称呼什么并不重要。一下子，我似乎又想再聊，又不知道聊什么了。俄而我想到，不同国别、遥远的族际、不同的文化原色，如此和谐地融为一体，其在人类学、社会学中，应该是一种什么样的标本呢？

康巴牧人小木屋，在被称为神山的雅拉雪山宽广怀抱里，客房的床头正好向着神山，似乎可以头枕神山而眠。晚十时许，风静阑安，窗外开始飘起稀疏的雪花。虽海拔颇高，但有神山和雪花相伴，仍然安然入梦。

一觉醒来，步出室外，发现昨夜飘洒的雪花，已变成了清晨断断续续、只感觉到有些湿而没有淋雨和凄冷之感的牛毛细雨。离开时，烟暝的塔公草原、云雾缭绕的雅拉雪山，随着我们向前的车轮渐行渐远。女主人告别时"欢迎再到康巴牧人小木屋来"的一句话，语淡而味不薄，引起了我的遐想。人生不知要有多少次旅途，旅途中如遇一个适意的落脚点，这次旅行一定是惬意的。如果再加上"一旦灵台清明，一切都是美好"，并由此从内心发出真正的淡定与从容，那就不仅仅是惬意了，应该还有诗意。

车上高速行驶平稳后，我检审相机中的照片，当目光停留在离康巴牧人小木屋十几米远的地方拍下的小木屋照片时，我默默地吟诵：旅次客民居，心意欲何依？一饭蔬与茶，欣然已忘机……一次邂逅，花开异国情缘；一次旅次，只见诗意阑珊。还有思绪想表达，但码不成五个字一行的了，就此打住吧！

（刊于 2019 年 4 月 29 日《人民政协报》，

收入本书时略作改动）

陶然于建水紫陶

每次到云南省红河哈尼族彝族自治州建水县，总要到古城蒐集许多紫陶产品展销店的老街走走看看，如机缘巧合，还能淘到一两件心仪的紫陶工艺品。特别是到"田记窑""陶茶居"、传习中心和窑坊看看坐坐，与熟稔的田记窑创始人、建水紫陶烧制技艺代表性传承人、全国政协委员田静一起，鉴赏她的作品，喝杯茶，聊聊天，这已成了我建水之行的保留节目之一。

为何对建水紫陶、建水紫陶文化情有独钟呢？这不仅缘于对建水紫陶的特殊喜爱，也是对建水紫陶"养在深闺人不识"，不，准确地说，是"自在古城人少识"的无奈。所见介绍建水风土人情的专著不多，手头有一本云南作家于坚撰文并摄影的图文并济的《建水记》，近300页，其中对建水紫陶的介绍，文字竟然只有不到3页，图片竟然只有1张。殊为不解！

中国是陶与瓷的故乡。陶与瓷不同，不仅因为瓷的出现晚于陶，还在于制作原材料、烧制方式、透明度等的不同。瓷的高端、典雅、轻灵，陶的古拙、简朴、敦厚，花开两朵，各得其趣。

对出土的文物古董考证，我们的祖先从土陶肇始，制陶、用陶不断普及精进，已有近万年的历史。披沙沥金，优胜劣汰，时至今日，在紫陶这个领域，沉淀和形成了以艺术性、适用性和特殊性较为突出，以地域或原材料特质命名的宜兴紫陶、建水紫陶、钦州坭兴紫陶和重庆荣昌安富紫陶四大系列。说起宜兴紫陶，许多人都能知其一二，喜爱收藏者和善饮茶者，更会因拥有一把出自名师之手的宜兴紫砂壶而平添几许雅趣和聊天的谈资。而对包括建水紫陶在内的其他三种紫陶，知之者较少，似乎属地方性、小众范畴，不登大雅之堂。

建水是国家级历史文化名城。南诏时筑土为城，元时设建水州，明时为临安府，清时为建水县，民国初年由临安县再易名建水县，有"古建筑博物馆""民居博物馆""文献名邦"和"滇南邹鲁"之誉。除此之外，建水紫陶也是建水历史文化名城的名片之一，可以说二者休戚相关、荣辱与共。

追溯建水紫陶的烟火历史，知其穿越汉唐宋而来，成长于元明清时期。据说，民间有"宋代有青瓷，元代有青花，明代有粗陶，清末有紫陶"之说。建水紫陶浸润着汉族和少数民族文化的元素，杂糅着中原文化与边疆文化的基因。经千年窑火，形成了具有云南高原红土地特质的独有风格，有着古拙、厚实、硬朗的韵致。视之如铁，望之俨然，即之也温，自成一脉。1921 年，建水紫陶在巴拿马国际博览会上获得美术奖。1953 年，在北京举办的全国民间工艺品展览会上，被文化部

在紫陶上雕刻花纹

列为四大名陶之一，亦是中国国家地理标志产品。

　　建水紫陶在制作中，有泥料制备、拉坯造型、湿坯装饰、雕刻填泥、高温烧制、无釉磨光等工艺流程，按田静委员的归纳整理、条分缕析，称之为淘泥 12 炼、成型 72 技、冶陶 24 法，共 108 道工序。成为工艺佳品，每个流程都需要制陶者的匠心独运，潜心为之。正如宋时朱熹所言："治骨角者，既切之而复磋之；治玉石者，既琢之而复磨之；治之已精，而益求其精也。"爱陶者，愿知陶制作品之其然，也愿知陶制作品之所以然者，如能一路观摩下来，当最后手把一件陶制作品时，一定会有别样的心绪与感受，特别是出窑后，与制陶者一起打开模具时，对成为艺术品时欣喜有加，对有瑕疵者，以"良工不示人以璞"的境界，碎之以木槌时的惜别，心情如同过山车般忽上忽下，真是一种不可多得的体验。以水和土，抟泥成器；入窑为土，出窑为陶；入窑一色，出窑多彩。因火的造化而化腐朽为神奇，因制陶者心血之作而附有灵性，一件陶器的诞生，被赋予了许多凤凰涅槃、浴火重生的意义。

　　建水紫陶，取泥于建水五色山。因陶泥中含铁量较多，使烧制成的建水紫陶硬度较高，观之有金属之质感，叩之有金石之声，出窑后经无釉磨光，精工抛光，使之质地细腻，光滑如镜。深爱建水紫陶者给之以"坚如铁、明如水、润如玉、声如磬"之美誉。建水紫陶讲究简于形，精于心。造型上深沉持重，蕴含着原始的生命力。工艺上精工细作，尤其注重在陶上的装饰、修饰。如在坯上进行书画镂刻、彩泥镶填等，集书画、金石、镌刻、镶嵌等装饰艺术于一体，集适用性与观赏性于一体，有壶、杯、盒、碗、碟、缸、汽锅、烟斗、茶具、文房器具等生活用品、书画用品、艺术用品。生活艺术化、艺术生活化，古老的建水紫陶在居家、生活用度的基础上，又逢艺术紫陶发展的重要机缘，也是对社会大众、对生活艺术更高、更多追求的呼应。

　　我陶然于建水紫陶，是因为建水紫陶有历史、有身世、有传承、有品位、有口碑。不仅源远流长，而且是一种文化的存在，一种文化的延长，不论岁月沧桑，她都在那里。是因为建水紫陶一路走来，在经历一段的式微后，再现辉煌，现在从业人员约 3 万名，大大小小的工坊有 1200 多家。是因为建水紫陶有烟火气，静而不躁，稳而不浮，不为时尚所惑，不为积习所蔽，有返璞归真的淳澹，殊有别趣，最抚凡人之心。是因为"维桑与梓，必恭敬止"，更何况作为国家非物质文化遗产的建水紫陶烧制技术，不仅需要传承，也需要不断发扬光大。作为建水古城的标识之一，使建水紫陶的传承不再出现顿挫、跌宕，不仅是制陶人、建水人的责任，也是非物质文化遗存传承的需要，更是丰富物质文化生活的需要。

行文至此，端起一盏用建水紫陶茶具冲泡的普洱茶，浅斟慢品，一观一饮之下，氤氲的茶气，似乎使茶具有了生命的灵动，而茶具托起的普洱茶，在次第而来的口感中弥漫着建水紫陶的清新蕴藉。茶与器的相融相通，人与器的互联互动，一时间，心地空明，万籁俱静。茶具是风景，茶汤似人生，夏日里的一抹清凉油然而生，周身通泰。

（刊于 2020 年 7 月 11 日《人民政协报》，收入本书时略作改动）

怒江，又一次的跨越

2021 年 6 月，第一次到曾被称为深度贫困地区的三区三州之一的云南省怒江傈僳族自治州。

到怒江之前就估计到，身临其境时，亲眼所见一定会与口耳相传、文字图像中的怒江有变化和反差。意想不到的是，两天中实际看到的变化和反差，是如此之巨大。在惊叹奇迹之余，真真颠覆了自己的一个认知：经济、社会发展是渐进的，需要循序渐进、日积月累，需要积之以勤、持之以恒。而在怒江看到的千年跨越奇迹则告诉我，在一个地区，有中国共产党的坚强领导，有社会主义制度的优越性，有举国力量的倾力支持，有所在地方干部群众的齐心努力，是完全可以不是渐进而是跨越的。

谓余不信，请到怒江傈僳族自治州来。

怒江，穿越历史的烟云和时空的脚步，在继实现由奴隶社会一跃而进入社会主义社会的社会形态跨越千年后，又实现了同全国一道全面进入小康社会，实现了从绝对贫困、区域性整体贫困到"两不愁、三保障"、区域性整体脱贫的千年跨越。

怒江全州人口 55.3 万，居住着傈僳、白、怒、普米、独龙等多个少数民族。少数民族占人口总数的 93.9%，独龙、普米族是特有民族，属典型的由奴隶社会直接过渡到社会主义社会的"直过民族"，直过民族人口占全州人口的62%。怒江地处滇西北横断山脉，有云岭山脉、碧罗雪山山脉、高黎贡山山脉、担当力卡山山脉，"四山"夹澜沧江、怒江、独龙江"三江"，是典型的高山峡谷地貌。上苍赋予了怒江"东方大峡谷"的雄奇、俊美、独特之景，赋予了怒江水能资源充沛、矿产种类丰富、"植物王国明珠"之实之外，又使其美中不足，"看天一条缝，看地一道沟，出门靠溜索，种地像攀岩"，许多地方不适合人类居住生活，不具备发展前景和空间，属一方水土养不活一方人的地方。全州贫困发生率曾一度高达56.04%，全州4个县（市）均为国家扶贫工作重点县，29个乡镇中有21个是贫困乡镇，255个行政村中有贫困村249个，其中深度贫困村218个。因此，脱贫任务十分繁重，搬迁移民则是脱贫攻坚中的硬骨头。为此，全州共建了67个"新家园"，10余万群众搬离大山陡坡，迁入城镇，开启了搬得出、稳得住、逐步能致富的生活，从根本上阻断了贫困的代际传递，这何尝不是怒江打赢脱贫攻坚战的"三大战役"。

怒江，一条被命名为"美丽公路"的通衢要道，天堑变通途，惠及沿线30多万群众。怒江98%以上面积是高山峡谷，最高海拔5128米，最低738米。高黎贡山、碧罗雪山相拥着奔腾的怒江，贯穿怒江南北。世居于此的少数民族群众，千百年来，出行难、过江难。而今，保山至怒江州府所在地泸水四季畅通的高速公路建成通车，结束了怒江州无高速公路的历史。独龙江高黎贡山公路隧道贯通，独龙族群众告别了半年大雪封山而与世隔绝的日子。行政村道路硬化达 100%，自然村达 77.16%。特别是南起泸水市六库镇，北至贡山县"神人共居"之地丙中洛的"美丽公路"，串联起泸水、福贡、贡山三县市，成为怒江的产业路、景观路、致富路、幸福路。与美丽公路相伴的城镇型和郊野型绿色步行道和骑行道，依地形、景观变化和人文特点，分段命名为记忆道、英雄道、三江道、鲜花道、仙女道等。36 道"溜索"改建为桥，在怒江、澜沧江、独龙江上，共建有桥梁 145 座。在著名景区丙中洛、老姆登、石月亮、姚家坪、登埂温泉等地，修建高黎贡山国家步道。这一切，既为怒江各族群众出行提供便利，也为户外运动、旅行爱好者提供既安全又独特的登山临水、领略无限风光的绝佳体验。

"美丽公路"不仅是穿行于绿水青山中的坦途及对沿途美景的诗意表达，更是怒江人民对更加美好未来的憧憬，更是怒江在实现中华民族百年梦想征程中美丽蓝图的具象。正如怒江籍全国政协委员、普米族青年歌唱家茸芭莘那在《比歌里唱得还要好》中所唱道："好梦成真的新生活呀，比歌里唱得还要好！"

不仅如此，途经怒江的铁路正在火热建设中，机场已列入国家建设计划，怒江将告别"铁（铁路）、公（公路）、机

（机场）"不全、不配套、不畅通的历史。出门攀天梯、过江靠溜索，已成为前人的经历和记忆。

怒江，向城镇化迈出新的步伐。曾几何时，挂在山坡陡壁、锁在云雾中的千脚房、茅草屋，茅草覆顶、木石为墙，漏雨透风的居所，一个长年不熄的火塘，人畜共处的环境，刀耕火种，难以温饱的生活，一代又一代人承袭相继。而今，告别了贫困、落后和封闭，5.77 万户农村危房改造，近 17 万贫困群众解决了住危房问题，10 万多人搬离穷山恶水，75% 的人口集中安置在州政府所在地和县城，其他部分安置到中心集镇或边境一线。将搬迁扶贫、巩固拓展脱贫攻坚成果同乡村振兴有机衔接，同城镇化建设与发展有机衔接，怒江实现了城乡结构的重构，城镇化率从 2015 年的 33% 提高到 48%。乡村振兴的实施，城镇化率的提高，使少数民族群众享受到了应有的公共服务和现代生活水平。楼上楼下，窗明几净，网络宽带到户，成为家庭标配。当今怒江，成为经济社会发展速度最快、各族群众获得实惠最好的时期。

怒江，在改善、提高生活水平的同时，也在完善、发展着自己。怒江各族干部群众，认真学习贯彻习近平总书记"一次重要指示、一次接见、一次回信"的重要指示精神，在脱贫攻坚中形成的"缺条件但不缺精神，不缺斗志""苦干实干亲自干"的精神和作风，推动着"怒江每天都在变化，每时都在进步"。那牺牲在脱贫攻坚第一线的 40 名帮扶干部，激励着更多的人牢记嘱托，感恩奋进。在脱贫攻坚中积累起的一笔笔怒江各族人民不"等靠要"，靠努力奋斗过上新生活，"脱贫只是第一步，更好的日子还在后头"，"感恩共产党、感谢总书记"的独有精神财富。也正因为如此，中共怒江州委被党中央、国务院授予"全国脱贫攻坚先进集体"称号，习近平总书记亲自为怒江州委书记纳云德颁授奖牌。

带着不断的惊叹离开怒江前，听到一个故事，一位少数民族的老人，向别人寻要习近平总书记的微信号，他说，我们的日子过好了，感恩党，感恩习总书记，要向习近平总书记发个微信红包，表示感谢。不论故事具体情节如何，怒江"一跃千年，感恩奋进"却真实的存在。在祖国大家庭的怀抱里，怒江这片热土创造了"跨越千年"和"千年跨越"的奇迹。相信，怒江在启航新征程中，奇迹还会发生，日子会越来越好！

（刊于 2021 年 6 月 21 日《人民政协报》，
收入本书时略作改动）

"今年花胜去年红"

——喀什散记

　　喀什市，新疆维吾尔自治区喀什地区行署所在地，是一座地处我国最西端的边陲城市。喀什，是喀什噶尔的简称，意为"玉石集中之地"，千年古城，95% 以上居民为维吾尔族。十多年前，因工作两次到喀什。今年 7 月第三次到喀什，真切地感受到，喀什变了，有亲和力了，焕然一新，一派东风入律、民安物阜的景象。不由得想起了宋人欧阳修词《浪淘沙·把酒祝东风》中的一句："今年花胜去年红。"

　　喀什，一座焕发了生机的古老城市。喀什三面环山，一面与我国最大的沙漠塔克拉玛干大沙漠相连。前两次到喀什的突出印象，天是灰蒙蒙的，树叶上裹着一层淡淡的黄土，不多的花和草的颜色，离不开一个基调——土黄色。街道上、巷子里、墙角边，随处可见沙尘和垃圾。喀什古城是我国保存较为完整的具有典型西域风格的迷宫式城市街区，拥有 1000 多年的历史，是新疆第一座历史文化名城，民居多以土木、砖木构成。十多年前的古城，饱经历史的风霜，破败、式微的古城里，道路凹凸不平，房屋杂乱无章，行商坐贾寥寥无几。而今，蓝天白云之下的喀什，花木扶疏，整洁有序。古城，经国家投入巨资整修，实施危建维修，改造水、电、路、气的安居工程后，风格依旧，气象一新，生机盎然。新区，逐渐扩展，道路宽敞，高楼林立，发展有力，生气勃发。

在 1.57 平方公里、1.2 万住户、近 4 万居民的古城里，吃穿用度的商铺次第连接，特色民宿、酒吧，各领异趣。砖雕为墙，木雕为门窗，石膏雕作内饰，现代设施一应俱全的民宿，一晚 680 元，尚且一房难求。走过夜里 11 点左右古城的欢悦，再走过清晨 7 点半以后古城的静谧，在拍摄景观之余，游目骋怀，熏风扑面，遂在手机里写下这么一段话："喀什古城，慢慢地收拢昨夜的欢喧，又轻轻地释放今晨的热情。古城，用千年的胸怀，拥抱八方宾客，温润远方游子……"

喀什，一座洋溢着祥和、欢笑的城市。《百年喀什展》的最后是一面微笑墙，上有 100 位有老有小、有男有女的喀什居民微笑的头像，压图标题为"微笑是喀什人民表达幸福最直接的方式"。诚哉斯言！第三次到喀什，感到最大的变化之一是喀什人脸上的安详与笑意。

行走在古城的街巷里，那翛然自得的老人，适意地坐在自家门前，漫看过往游客。嬉戏玩耍、追逐打闹的孩子，看到游客注视他们时，就自然清脆地道一声：你好。普通话讲得字正腔圆。当照相机镜头对向他们时，则用鲜花盛开般的笑脸迎着镜头。我抓拍在街中小花园玩耍的四个维吾尔族小女孩时，年龄最大的小女孩遮住脸说，别拍我，拍她们。我问为什么？

她说怕被老师看到，批评她只知道玩不做作业。我保证不让老师看到时，她才笑着让我拍了。同行的同事讲他偶遇两位来自江苏的年轻游客的故事。他问他们到喀什旅游感觉如何，他们说感觉很好，很自在惬意。昨夜在餐吧吃饭时，驻唱的维吾尔族歌手说，今天有两位汉族兄弟在场，我专门为他们唱一首汉语歌。气氛很融洽，维吾尔族兄弟对我们很好。听完这段小故事，"美美与共"一词，几乎让我脱口而出。

在浩罕乡中心小学，几十位维吾尔族孩子合唱《喀什的孩子》，稚嫩的童声直拥耳蜗，平白如话的歌词直撞心底。"你想要走进我的心，不用太多的言语，我想要为你的梦想，接上最美的翅膀……天边的路汇聚着爱，成就梦想，多年的这个愿望，被你的目光照亮。帕米尔的山谷间，鸟语花香……我们是喀什的孩子，沐浴着阳光，在温暖的草地上，快乐成长"。歌声让我感动，孩子们合唱完后，我和同行的一位走过去，说想与孩子合个影，令人意想不到的是，孩子们一下子簇拥上来，拉着我们直接坐在地上，他们摆出各种表达喜悦的手势和姿态，一张相隔一代人的即兴合影，就这样被收入了镜头。

喀什，是一座多彩、有趣的城市。进入古城的老街、老巷，有年头的房子、有故事的老房子比比皆是。在那座色彩斑斓的百年老茶馆不远，一个木雕的门上方匾牌上写着："爷爷泡的茶"，在爷爷两个字的后边，还加画了一位头戴小花帽的维吾尔族老人的头像。再走不远，则是一个网红打卡地——有名的制馕、卖馕的铺子。敞开的棚子，上面长长的木板上写着"爷爷的爷爷的爸爸的馕"。正在卖馕的是个小伙子，如此说来，是六代人都用心、用情地做馕，是真正的祖传手艺了。在步入餐吧、酒吧巷口时，一溜木制的招牌让我驻足，让我莞尔："'特别能吃苦'这五个字，我做到了前面四个"；"年纪轻轻，体重不轻"；"我想要两朵花，有钱花，随便花"；"余生很贵，请别浪费"。在酒吧门上，则写着"日出到日落，晚上怎么过？此店坐一坐，让你不寂寞""单身便利店，酒到病除"。写了什么，讲了什么，甚至会演绎出什么桥段，并不重要，重要的是心情、心态，是人间的烟火气。"人生有味是清欢。"自嘲、幽默和放松、放下，可以说是开心快乐、多彩生活的一种表达方式。

　　喀什，是歌舞之乡。都说维吾尔族的孩子，会走路就会跳舞，会说话就会唱歌。傍晚的吐曼河畔，处处可见唱歌、跳舞的人。喀什是瓜果之乡、美食之乡，喀什美味，竟被有意写成"喀食美味"。《诗经》讲"七月食瓜"，7月初虽然尚早些，但却是瓜果之香飘全城了。仅就做馕一项，喀什就有4大类70多个品种，日产馕260万个，年产值25亿元，利润9.72亿元。馕成为喀什一张靓丽的名片。与当地维吾尔族兄弟聊天时，他说，在喀什搞餐饮的人，在喀什干不下去了，就到外地去发展。他还怕我听不明白，进一步解释说，一流的留在喀什，二流的到外地去了。喀什古城还有油画一条街，虽然难以媲美当年深圳的油画一条街，与北京的"798"也不可同日而语，但确有西域的风格特点。买一幅带回家中，可藏储一份喀什的记忆。

当地人讲，不到喀什，不算到新疆，不到古城，不算到喀什。我真心想说，喀什，你的别名叫"古城"。喀什，是我国太阳最晚落山的地方，是居民与游人歇息最晚的地方。盱衡喀什，千年古城，岁婉心和，天地清宁，洋溢着吉祥与安康；千年古城，历史风貌、风土人情与现代的物质文化，茹古涵今，相融共荣。吐曼河水辉映着的喀什风貌、情景、变化、发展，"花开不语，芳华烁烁；花落不言，余香阵阵"。"耳闻之，不如目见之；目见之，不如足践之。"谓余不信，可亲往之。

（刊于 2021 年 7 月 19 日《人民政协报》，
收入本书时略作改动）

将有一条"地铁"到拉萨

　　2006年7月1日正式开通运行的从西宁到拉萨的青藏铁路，被称为"天路"。青藏铁路翻越海拔5072米的唐古拉山，"一条条巨龙翻山越岭，为雪域高原带来安康……那是一条神奇的天路，带我们走进人间天堂……"如今，一条从成都到拉萨，被称为"地铁"的川藏铁路，已全面开工，不久，将直通拉萨。

　　川藏铁路全长1567公里，途经雅安、康定、昌都、林芝、山南。其中，成都至雅安段、拉萨至林芝段已开通运营。正在建设中的雅安至林芝段，全长近1200公里。据统计，桥隧总长955公里，桥隧比达93.6%。跨江、过峡、穿山，总长近842公里的隧道，最长的一条竟长达40多公里。从成都到拉萨，山隔千重，水过百渡，"穿七江过八山"，千分之三十的坡度，累计爬升高度达1.4万米。称川藏铁路为高海拔、高山峡谷地区的"地铁"，绝不是文学性的描述，确实是真实的写照。

　　看到这些数据后，不由得想起一段往事：2006年8月5日至12日，各民主党派中央、全国工商联领导人和无党派人士青藏铁路考察团，乘火车从西宁到拉萨，就青藏铁路建设和铁路沿线地区经济社会发展情况进行考察调研。我作为中共中央统战部的一员参与考察团工作。回想当年，仍清晰地记得，随着火车的不断攀行，耳畔时时响起为铁路修到拉萨、历史上西藏首次通铁路而创作，由韩红演唱的《天路》。《天路》一歌，旋律，荡气回肠、绕梁三日，歌词，与人共情、直击心底，甫一面世，即风靡全国。日月如梭，时光匆匆。今年7月参加全国政协"加强科技自主创新，助力川藏铁路建设"专题调研组，在成都、林芝听取有关情况介绍及实地考察时，在乘坐D8982次动车由林芝到拉萨的途中，耳畔不时响起的仍是韩红演唱的这首《天路》。真可谓境不同心同，一曲牵起两路情。不过，在默默心唱时自以为是地将"一条条巨龙翻山越岭"，改成了"一条条巨龙穿山过岭"，将"那是一条神奇的天路"，改成了"那是一条神奇的地铁"。认为这样才契合当下的情景，是老歌新唱，"新翻杨柳枝"。

　　当年，一条青藏铁路，穿起历史和未来；一条天路，寄托梦想和期待。而今，一条川藏铁路，连接起两个一百年梦想；一条"地铁"，再写新的辉煌篇章。青藏铁路、川藏铁路，双姝争艳，使进出西藏，天堑变坦途，边陲若比邻。

　　1919年，孙中山先生在《实业计划》中，规划了西北铁路、高原铁路等铁路干线，提出了建设兰州至拉萨、成都至拉萨铁路等设想。在国力孱弱、时局板荡的旧中国，这一切只能是镜中花、水中月。而在新中国，有中国共产党的领导，有社会主义制度的优越性，有集中力量办大事的优势，设想可以变为现实，"不可能"可以转化成为没有什么不可能。在被国外舆论称为"堪与长城媲美"的青藏铁路运行十几年后，被西方工程师评判为"在100年内也难以实现"的川藏铁路，按照先易后难、稳步推进、中间合拢的计划，不仅已有两段开通运营，最难的雅林段也已全面开工，计划十余年建成。中国水平、中国速度、中国品牌，又将随着川藏铁路建设进一步彰显。

规划建设川藏铁路，是贯彻落实党中央治藏方略的重大举措，具有十分重要的战略意义。2020年11月8日，习近平总书记作出重要指示，建设川藏铁路是贯彻落实新时代党的治藏方略的一项重大举措，对维护国家统一、促进民族团结、巩固边疆稳定，对推动西部地区特别是川藏两省经济社会发展，具有十分重要的意义。治国必治边，治边先稳藏，治藏必先安康，这是稳边稳藏兴藏的政治方略，是至理名言。川藏铁路建设，正是将这一政治方略具体化的重大措施。川藏铁路，将进一步拉近西藏与祖国大家庭的空间距离和心理距离，将进一步推动西藏融入内地发展大格局，将进一步服务西藏社会经济发展需要。作为我国实现第二个百年奋斗目标的标志性工程和世纪性战略工程，作为统筹当前和长远、国内和国际形势的重大决策，也将为各民族的交流、交融，提供更新、更大的平台，演绎出民族团结进步的新篇章。

　　道理是直的，道路是弯的。川藏铁路，建在属世界屋脊、第三极的青藏高原，使命光荣，任务艰巨。川藏铁路的雅林段，设计、施工、运营面临难题之多、工程难度之大、技术创新成果要求之高，在我国铁路建设史上，可以说前所未有，因此，被称为铁路建设史上的珠穆朗玛峰。到过四川甘孜和阿坝的人，到过西藏和云南怒江的人，走过318国道川藏段的人，都能切身地体验到这一地区修路难、行路难。而专业人士看到的、遇到的不仅是表象，更是潜在的困难和风险。川藏铁路沿线，是世界上断裂带最密集、地质条件最复杂、地形变化最大、地质灾害最多的地区，多灾害耦合情况较多，施工将会面临岩爆、软岩大变形、错断、高温热害等单一或复合问题。国之重器，国之大者，需要"科学规划、技术支撑、保护生态、安全可靠"。需要发挥好国家川藏铁路技术创新中心及相关单位的作用，联合攻关，发挥科技创新的关键性作用，有效集成新技术、新创造、新成果，使川藏铁路成为一条汇聚高新技术、检验高新技术、享受高新技术成果的新路。需要科研、施工、保障、监管等各方面的综合协调、有力统筹。铁路建设及辅助设施中的征地等，需要地方大力支持。铁路建设，涉及地质灾害勘察、研究、治理，涉及环境保护、科学施工、安全施工、绿色施工等问题，需要多学科、多部门、多层级协同配合。"积力之所举，则无不胜也；众智之所为，则无不成也。"

　　川藏铁路，不仅是科技成果、施工设备创新之路、集大成之路，不仅是环保路、生态路，又是团结路、幸福路。铁路作为交通大命脉，与之配套的附属设施及公路设施等，必将如同动脉、静脉、毛细血管一样，为沿线地区、藏族及其他少数民族，在实现脱贫致富、全面建成小康社会的基础上，进一步实现乡村振兴和更高水平的发展，成为名名副其实的团结路、幸福路。必将进一步助推建设团结、富强、文明、和谐、美丽的社会主义现代化新西藏，驶入发展的"快车道"、康庄大道。

　　道阻且长，行则将至。川藏铁路建设将再一次证明，在中国共产党领导下，中国可以办成过去想办而办不成，想快而快不成的事情。

　　　　　　　　　　（刊于 2021 年 8 月 7 日《人民政协报》，

　　　　　　　　　　　　收入本书时略作改动）

江南行记

三月春雨

三月的江南，"小雨纤纤风细细，万家杨柳青烟里"。当此之时，或依窗而坐，或凭栏而立，一杯春茶在手，放眼如淡淡烟水幕般的春雨，闭目聆听淅淅沥沥春雨润物之声，自然地，从心中氤氲着、散发着温润与熨帖。

"何物最先知，虚庭草争出。"沉浸在看、听春雨中，人与自然交流互动，和谐一体，油然而生。在这之中，似乎能体会到嫩叶在春雨中展开，花骨朵迎着春雨绽放的过程；似乎能听到春笋迎着春雨出土，拔节而长的声音，画面似动非动，声音若有若无，阳春布德泽、万物生光辉，整个人被一种淡淡的、静静的，却又是那么通透和曼妙的感觉所环绕。

"春雨细如丝，如丝霡霂时。"不论沉浸于看、听春雨多久，仍没有春寒袭人的感觉，倒是慢慢地滋长了些许放下、放空的禅意。万物复苏中的放下、放空，使生活的节奏舒缓了下来，使世间的美好似乎更加丰富、灵动了起来，一些烦恼、不适、疲惫，随春风微雨飘散而去，身心如同被沐浴、滋润了一番。

"古人今人若流水，共看明月皆如此。"李白讲的是"共月"，而此时，则是"共春雨"。刚想到李白这句诗时，又想到了今人刘钧作词作曲的《听闻远方有你》歌中的那一句："我吹过你吹过的风，这算不算相拥；我走过你走过的路，这算不算相逢。"春雨千古，千古春雨。人生苦短，如白驹过隙。静观初春，漫听春雨，古今皆可一同。"花堪折时直须折，莫待无花空折枝。"爱护自然，不宜折枝。不错过美景、美意，应该是共同的。珍惜美好的当下，就是珍惜生活，就是珍惜人生。

南浔，你是水晶晶的

著名作家、诗人徐迟先生，在他回忆录《江南小镇》中，一连用 66 个"水晶晶的"来形容故乡南浔古镇，称之为"水晶晶的水，水晶晶的太空，水晶晶的日月，水晶晶的星辰，水晶晶的朝云，水晶晶的暮雨，……水晶晶的雨巷，水晶晶的长街……"就连炊烟，也是"水晶晶的"。在徐迟先生的眼中、笔下的故乡，足以一言以蔽之——水晶晶的。

前些年秋月到南浔，从网上查看有关资料，略知徐迟先生"水晶晶的"赞许。春月再来，想法找到《江南小镇》一书，细读之下，伴随深度浏览，真体会到徐迟先生"水晶晶的"四个字，是对南浔古镇触及灵魂般的描述。

南浔古镇，中国十大魅力古镇之一。京杭大运河一支水系贯穿其间，桨声水影、白墙黛瓦、古宅民居，构成了一幅灵动的水墨国画。南浔古镇，因水而美，因古宅民居而清雅。其古建筑，远者可追溯到宋元时，数量则以清代、民国时的居多。

"行遍江南九十九，不如南浔走一走。"沿河而行到一居民家门前，一鹤发童颜的老人，安闲地坐在竹椅上，面前的小桌，一壶茶、一碟瓜子、几个杯子。他邀我们歇歇脚，喝口春茶。停留一会儿，春和景明之中，老人家屋檐下乳燕叽叽喳喳的声音及不时从鸟巢探出头的憨态，使游览又添几分岁月安澜、时光清浅的舒适与从容。俄尔，我对"水晶晶的"四个字，又有了新的感悟。这就是古镇风貌与原住居民的相互依存，适度并有特色的商业开发与古镇风貌共生共荣。古镇没有原住居民，就没有了活的传承与烟火气；没有适度的开发利用，也难免随着岁月而式微。有人气、有烟火味、有与时代一同发展的实力，是"水晶晶的"天地人和。

与老人道别，边走边看，边听介绍。在品味、品鉴之时，逐渐被带入了古镇的人物故事、历史典藏、文化底蕴、民风民俗之中。在这种代入感之下，进而又有了融入感。与所看、所听形成互动交流，并有所思，确实是古镇游、民俗游的一种美妙感受。一旦景、人、情形成交流、交融，顿时觉得周遭都是"水晶晶的"。

秋月到南浔时，停留时间长些，拍了不少照片，并为其中一张附言四句：

> 舟停轩窗下，
> 客去小酒家。
> 饮得月上时，
> 隔水听琵琶。

春月再来，与秋月时的感受，虽然时空交错，亦然可以是"水晶晶的"。

（刊于 2023 年 4 月 15 日《人民政协报》，

收入本书时略作改动）

游埠古镇散记

古镇、小巷、清晨。

昨夜的一场细雨，将古镇清洗、过滤了一遍。细雨润泽后，小巷愈发寂静幽深，空气更觉清新滋润。

古朴的小巷，石块路被岁月消磨得有些凹凸不平。正是这些凹凸不平，在细雨之后的灯光、晨曦映照下，折射出若明若暗、若浓若淡、若聚若散的油性光影。这种光影，在摄影爱好者的镜头里，会有一些梦幻的变化，会产生一种油画般的复古质感。当然，如再有一炉炊火的闪烁，一锅十足的镬气，那绝对是可遇不可求的美妙画面。正是对这种光影的追寻和向往，催生了摄影爱好者起个大早，在古镇静谧的巷道上寻寻觅觅拍摄的冲动。

喜欢一座古镇，一定会从老宅、小巷开始；要读懂一座古镇，也一定要从老宅、小巷开始。小巷两侧的古旧民居，那木制、木雕的门窗，那白墙黛瓦的几许古意，就如同传承这座古镇历史、文化的信息代码。这些信息代码，记载着古镇的悠长岁月，跌宕变迁，同时，也传递着古镇的灵动与鲜活。

边走边看边拍，脚步经过时，底下有空鼓的石块，那一声声或轻或重，或明晰或沉闷的咔嗒咔嗒之响，似乎在叩开古

游埠古镇里悠然自得的老人

镇的过往，在述说着古镇的人世沧桑。古镇不语，岁月留痕。了解一个地方的人文历史、社会变迁，要读有字之书，更要读古镇这样的无字之书。

东方的鱼肚白越来越鲜亮了，小巷两侧的木窗、木门在嘎吱嘎吱声中一个一个被推开。有的店铺主人开始点火、烧水、和面，准备市卖的早茶了。古镇醒来，开启了江南早茶第一镇——游埠古镇的早茶序章。

天光明亮后，拿着茶杯的老食客们，来到熟悉的店铺，坐在习惯的座位，同稔熟的老伙伴一起，就着店家端上来的茶点，用皮包水的方式，开始了他们新的一天，继续演绎着古镇烟火人生的故事。

一边是忙碌的店家，一边是悠然自得的食客。而慕名而来的游客，或者忙于摄影拍照，或者到路过的小店买点香气四溢的小吃尝尝。其实，在路过的小店买一点尝尝，这家买一点，那家尝一点，走不了几家，就觉得饱意明显，只嫌自己的胃太小了。店家、食客、游客，三种身份，三种心境，但都在用自己的方式营造、享受、创造着生活，都可能成为对方眼中的风景。正如卞之琳在诗中所说，"你站在桥上看风景，看风景的人在楼上看你。明月装饰了你的窗子，你装饰了别人的梦。"

要了解一座古镇生活的舒适度和民俗文化，最好看看吃早茶的老人们。一位在吃油条时就着豆浆、茶水的老人，安坐店铺门口，不时抿嘴明朗一乐之后，抽口纸烟，喷出一团淡淡的烟雾，任眼前游人熙熙攘攘，任由过往的摄影爱好者拍照，淡定，自在。老人尘世不扰，恬淡知足地享受着他的早晨时光。不由得让我这旁观者感叹："即此羡闲逸，怅然吟式微。"

轻煮岁月，慢煮生活。店家的轻煮、食客的慢煮，展示的是古镇舒缓的、有情致的人间烟火和清欢。而这种人间烟火和清欢，恰恰是古镇存续的内在动力和灵魂。市井生活中，什么是幸福指数高？数据统计分析、专家学者的解读，都较为空洞抽象，唯有写在吃早茶老人脸上的安详、舒适和享受，是最具体、生动、接地气的回答。"此中有真意，欲辨已忘言。"

（刊于 2023 年 6 月 17 日《人民政协报》，

收入本书时略作改动）

那一场"面秀"

近年来，一些著名的旅游景点，为向观众进一步宣介其历史传统、人文内涵、独特魅力，通过旅游加文化的方式增强吸引力，进而获得更多的经济效益，不断推出一些实景剧。有的实景剧热闹是热闹，但却乏善可陈，草台班子的痕迹较重。有的则比较成功，如山西平遥古城的一台《又见平遥》，从形式到内容，富有新意，颇具水准。

《又见平遥》，采用的是沉浸式观演方式，观众刚开始没有座位，跟着表演舞台的转换一幕幕地往前走，边走、边看、边体验。有的表演，观众和演员同在一个平台上，观众也似演员，演员也似观众，直到最后一幕时才进入正式的剧场，观众才有了座位，"观"和"演"方才分开。表演、观看的形式新颖，带给人以不寻常、值得回味的独特体验，而真真吸引和打动观众的，是剧中的几个主题故事，将实景剧中的"情"，展示得淋漓尽致。

《又见平遥》演绎了"镖师忠义""选妻""血脉相传"、"思念家乡"等故事。"人各有所好，物固无常宜。"于我而言，通观《又见平遥》一剧，印象最深的是最后一幕——"面秀"。

面作为食材，已有数千年的历史。而在当下语境中，"秀"

有展示、表演、晒、炫耀甚至卖弄的意思。将有悠久历史的"面"与被赋予新意的"秀"放在一起，称之为"面秀"。面与秀，难说登对，多少有些混搭，甚至令人费解。而且，从表演内容看，是秀附之于面还是面附之于秀，主次关系有时还真分不清。但这并不重要，重要的是剧中用舞面、面舞的方式，演绎出了一份令人怦然心动、感慨万千而又荡气回肠的思乡之情。

古往今来，借物抒怀，借景抒情，表达对故乡思念之情的文艺作品，可谓林林总总。古人李白望月思乡，诗曰："床前明月光，疑是地上霜。举头望明月，低头思故乡。"当代余光中先生用四个层层递进的意象抒发乡愁，写道："小时候，乡愁是一枚小小的邮票，我在这头，母亲在那头。长大后，乡愁是一张窄窄的船票，我在这头，新娘在那头。后来啊！乡愁是一方矮矮的坟墓，我在外头，母亲在里头。而现在，乡愁是一湾浅浅的海峡，我在这头，大陆在那头。"李白的咏叹，脍炙人口，流传千古；余光中的乡愁，情真意切，广为传诵。而《又见平遥》，则用一幕别开生面的面的舞蹈——"面秀"，对思乡之情，做了直观、生动、丰富而又充满想象力的诠释。

食为天性，面为美食。对此，古人陆游有诗云："一杯齑馎饦，手自芼油葱。天上苏陀供，悬知未易同。"在山西，面食是其饮食文化中不可或缺的重要组成部分。面有多种做法，面条有多种吃法。总有一碗面条，让你无法拒绝。而在《又见平遥》中，面作为食材，竟然成了舞台上的道具。物质层面的面，在舞台上被演绎出了精神层面的情。

舞台上，数十名精壮的三晋汉子，手上一小袋面、一抔面，捧面、撒面、舞面、和面，在撒满面的舞台上，手之舞之，足之蹈之，身被其面，脸沾其面，将身居千里之外、思念故乡时捧起一把面的慰藉，缓解思乡之情时吃一碗手擀面的惬意，将各地的平遥人共吃一碗家乡面的和谐与温暖，活灵活现地展示出来。一时间，面与人融为一体，身在异乡与回到家乡不断变换，在交错、缠绵和不断的升腾中，面成了对眷恋的宣泄，成了一片又一片、一缕又一缕飞舞的情感符号，撩拨着、搓揉着观众的心。

"面秀"表演现场

　　舞台上的面还在飞舞，幕墙上则渐渐堆砌出一堵城墙。城墙出现了，城墙坍塌了，散居各地的王姓宗亲、乡亲纷纷走了出来，逐次报出自己的姓名，说出自己来自何处，将"每一次旅行都是出发，到这里才是回家"的喜悦之情，将"我来自何方，我情归何处"的感恩之心，将故乡是根、故土难离这一中华儿女千年不移的家国之情，用方言喊了出来。不同的喊声，共同的心声。当左权县民歌《桃花红杏花白》的音乐响起，舞台上的三晋儿女齐声唱出："桃花来你就红来，杏花来你就白，爬山越岭看你来呀，呀啊个呀呀哒……"婉转悠扬的曲调，特色浓郁的旋律，深情款款的歌唱，将"面秀"的表演、将一碗面的思乡情，推向了最高潮……

　　为了生计、事业和理想，不少人离开家乡，成为北漂、南漂或其他什么漂。不论在哪漂，无论漂多远，家乡都在那里。遥远的距离割不断思乡之情，生活的忙碌和压迫忘不了思乡之情，夜以继日的拼搏延续着思乡之情。思乡是什么？最有质感的表达就是"妈妈的味道！"记忆可在味觉中寻找，"妈妈的味道"就是家乡的味道。面条，有祝寿时的长寿面，团圆时的团圆面之说。饺子，讲究春节守岁时包，辞岁时吃。因而，民间有出门的饺子回家的面、送客的饺子迎客的面等习俗。不论是面条还是饺子，将思念故乡之情、宽慰思乡之情，物化、具体化成一碗面、一碗饺子，总是聊胜于无！

　　观看《又见平遥》时，拍了一些照片。整理照片时，边看边回想当时的场景，不觉得又想到前一段观看抻面大师的绝技表演。一团面，抻得细如毛发，打火机可以点燃；一团面，可以吹成气球，几可飘在空中。清清白白一捧面，软软和和一团面，简简单单一碗面，可以如此神奇，可以歌之舞之，可以寄托相思。于是，随手写下四句感慨，以为题记：

面为粮中王，
百变滋味长。
身居千里外，
一碗慰思乡。

（刊于 2023 年 7 月 1 日《人民政协报》，
收入本书时略作改动）

在那草原深处

跋涉到天苍苍、野茫茫的草原深处，看到星罗棋布般漫洒在草原上的牛、羊、马，看到如白莲花般绽放在草原上的一顶顶毡房，一种拥入自然、返璞归真的感觉，油然而生。舟车劳顿为之一扫，尘心顿洗，通体舒泰。

城市的生活，车水马龙，高楼林立，空间狭小，节奏紧凑，压力较大。正如苏东坡诗词中所言："长恨此身非我有，何时忘却营营。"加之今年入夏以来，连续高温，酷热难当，处在一种室内空调不舒服、室外热浪很煎熬的溽暑燠热之中，使得心里像长了草一般。

入伏后的草原深处，阳光虽然灿烂，但在树荫下，微风不燥，水木明瑟。早晚时分，甚至还有些凉意。但这种凉意，更多的是一种心理上舒适的感觉，不是贴着肌肤的、入骨的凉，而是一种"吹面不寒杨柳风"般的清爽，是一种"殷勤昨夜三更雨，又得浮生一日凉"的惬意。这样的清爽和惬意，是那么自然、自在、自得，似乎时光倒错，感受到"胸中有情景，要看得：春不是繁华，夏不是发畅，秋不是寥落，冬不是枯槁，方为我境"的旷达。

薄晓时分，离开电视和手机，坐在毡房外不远的草地上，在远方几座毡房炊烟的映衬下，人在斜阳里，几朵暮云飘，看金乌西坠、落日熔金、暮云合璧，怡然自得。从霞光由鲜红到暗红，再到灰白的过程中，体验到一种岁月嬗变、时序更新的轮回。静静地，与天地交流、交换、交融，人与自然浑然一体。天人不语，天人心语；天人相隔，天人神交。此时此刻，真有一种口弗能言的曼妙。

在天色将明未明之时，从毡房的天窗望去，浩渺天穹，星光几许，若明若暗；远离城市的喧嚣，在广袤的草原，在静谧的清晨，感受如同大自然呼吸般的微风声，若有若无；聆听远处不时传来的羊的咩咩声、牛的哞哞声、马的响鼻声和牧羊犬的汪汪声，若远若近。静静地、心如止水般地感受这明与暗的交错、远与近的交替、有声与无声的交汇。就这样，草原新的一天慢慢醒来。

我们借宿的毡房，与转场到此游牧的主人所住的毡房相距不远。听不清男主人讲了些什么，而在女主人清脆的笑声中，则传送来淡淡的奶茶香。一下子，使草原的清晨和清晨的草原，弥散开温润而悠长的人间烟火气。

草原深处，在连天碧草的怀抱里，几处横亘的沙丘，一个不大不小蒙古语称为"淖尔"的湖，一条蜿蜒的小溪流，几处以沙榆为主的乔灌木地。一切云自无心水自闲，却不经意间将草原点缀得多元、丰富起来。天趣者，自然之趣也！草原的一切摆布得是那么和谐有序，浑然天成。

草原还是那片草原，毡房却不再是过去的毡房了。过去靠人工一点一点搭建的毡房，现在可以由几个部件组装而成，快捷省事。过去转场运送生活物资的勒勒车，已被皮卡或面包车取代。过去放牧时骑马或步行，现在已用摩托车代步。过去用牛粪烧火，现在有太阳能和蓄电池，既可照明亦可炊事。牧民的生活也没那么单调了，手机有信号，可以上网浏览和聊天；缺点什么东西，开车或骑上摩托车，到乡镇小超市即可补充。草原深处，与现代生活并不脱节，也折射出信息社会的一面。牧民的家底也比较厚实，喝着奶茶，我们同毡房的主人聊天，问他们家有多少只羊、多少头牛、多少匹马。按市场价一折算后对他说，你们家相当富裕嘛！他透着自豪又略带自嘲地说："账不能这么算！家有万贯，带毛的不算。"随之，一串开心的笑声……开心的笑声，是生活怡然自得的外在表现，也是美好追求的内在动力。

常年在城市生活的人，初到草原深处，可能会感到诸多不便、不适。但待上几天，将脚步停下来，将节奏慢下来，将心态静下来，作为一种时光调节，一种环境转换，一种放松、放下、放空，未必不是一种好的尝试。如能真正静下心来，体验大自然的所赐，更会有心灵上的收获。因为，"天地间真滋味，惟静者能尝得出；天地间真机括，惟静者能看得透；天地间真情景，惟静者能题得破。"所谓"境由心生，物随心转；心之所向，境之所在"，大抵如此。

"要知逍遥事，唯到山中住。"在那草原深处，天地清宁，时光浅浅；草木知味，岁月含香。

（刊于 2023 年 10 月 21 日《人民政协报》

收入本书时略作改动）

二、回视诸往

文史旨趣　家国情怀

和羹之美，在于合异

『何妨一下楼』

李济深故居——一段历史的窗口

井陉怀古

徜徉在香山寺与白园

邯郸三千年

碧色寨火车站的芳华

莫干山的烟云

岁月如酒

备考在放羊中　录取在修车时

那远去的绿皮火车

难忘的 57 号寝室

记忆别裁

文史旨趣　家国情怀

　　我与人民政协的缘分，肇始于全国政协五届五次全体会议。1982 年 2 月，我大学毕业后到中央统战部工作，作为小组秘书，为当年 11 月全国政协五届五次会议第五组——无党派爱国人士组服务。后来，我到大会联络组从事联络工作，直到 2007 年全国政协十届五次会议。26 年 26 次参加全国政协全体会议有关会务工作，从未中断过。从 2008 年全国政协十一届一次会议荣任全国政协委员至今，11 年 11 次参加全国政协全体会议，没有缺席过。从 2013 年 3 月到全国政协机关工作以来，也逾六年时间了。人民政协在我的工作经历中，可谓念兹在兹，不离不弃。岁月悠悠，37 年弹指一挥间，但参加全国政协五届五次会议无党派爱国人士小组秘书工作的经历，虽然"当时只道是寻常"，但"沉思往事立残阳"时，更能体会到那段经历温润和泽被了我后来工作、人生的点点滴滴。

在历史上有影响的人

　　大学期间，我学的是历史专业。写毕业论文时，我选择的是关于辛亥革命方面的题目。为了写好论文，不仅阅读了大量的有关书籍，还基本通读了全国政协编辑的几十辑文史资料选辑，摘抄了不少资料卡片，对许多历史人物印象很深。担任全国政协五届五次会议无党派爱国人士组小组秘书，仅看小组人员名单，就有了一种历史就在眼前之感。随着接触增多，书写历史的人，被写入历史或将要被写入历史的人，从史书史料中走出来，从政协文史资料选辑中走出来，从耳闻中走出来，活生生地出现在面前，史实史料一下子鲜活起来，学史的收获顿时灵动、厚实、多彩起来，让我仿佛走进了那段活生生的中国近现代史。

全国政协五届五次会议无党派爱国人士组共有 15 名委员，当时平均年龄 78 岁，最长者为现代实验心理学家、心理学史家、北京大学教授唐钺先生，时年 91 岁高龄；最小者为物理化学家、高分子物理学家、中科院化学所研究员钱人元先生，时年 65 岁。最晚离世的也是钱人元先生，2003 年 12 月因病去世，享年 86 岁。虽然 15 名委员已先后离世，但哲人其萎，其淡如菊，其温如玉，其静如水，其虚如谷，丰碑犹在，风范长存。

全国政协五届一次会议召开时有委员 1988 名，二次会议时增补 111 名，三次会议时增补 97 名，四次会议时增补 70 名，五次会议时增补 2 名。在 2200 多名委员中，无党派爱国人士组的 15 名委员占比很小。15 名委员职业不同，经历迥异，性格禀赋不尽一致，年龄跨度达 26 岁，但 15 名委员就是一个世界、一个时代、一个社会的缩影。他们在各自领域的建树和成就，让人高山仰止，很多人在中国革命、建设史上的贡献，让人永远铭记。

15 名委员中，简单加以划分，国宿耆老者有叶道英、朱洁夫、吴世昌、梁漱溟等诸先生。他们的道德文章、嘉言懿行，岁月虽邈，常记常新。叶道英先生是叶剑英元帅的弟弟，1949 年前曾担任广东省财政厅税务专员、香港大道公司总经理。中华人民共和国成立后，历任国务院华侨事务委员会参事、国务院参事、全国政协常委等。他用一口粤味普通话娓娓道来：年龄大了，但要鼓起精神，做实干派、促进派，壮士暮年，雄心不已。吴世昌先生是著名的汉学家、红学家、词学家。精通文史，学贯中西。九一八事变后，他率先在燕京大学贴出《告全体同学书》，点燃学校抗日救亡的熊熊烈火，并被选为燕大第一届学生抗日会主席。1962 年，他毅然辞去在英国牛津、剑桥大学的任职，带着家人于国家困难时期回国，并担任全国人大常委会委员、教科文卫委员会副主任委员，全国政协委员等职。吴世昌先生在《红楼梦探源》英文本五卷成书时曾赋七绝五首，成为另一种形式的红楼梦探源。其中一绝有言："朱墨琳琅满纸愁，几番抱恨注红楼。脂斋也是多情种，可是前生旧石头。"反复吟诵，别有滋味。

学界泰斗者有王力、冯德培、郑易里、赵宗燠、俞大绂、钱人元、唐钺、曾世英等诸先生。他们在中国本学科中开门布道的鼻祖地位，指点江山的巨擘作用，文采泱泱，成果累累，至今在学术界仍有深远影响。赵宗燠先生是著名的化学工程专家，1957 年被选聘为中国科学院学部委员，在能源研究、有效利用和节能、防止环境污染等方面独步一时，曾任国务院环境保护领导小组副组长、全国政协常委等职。俞大绂先生不仅家世显赫，一族之中有多位名闻华夏的人物，他本人更是著名的植物病理学家和微生物学家，曾任北京农业大学校长、中国植物病理学会理事长、中国农学会副理事长、全国政协常委等职。

风云人物者有刘定安、李铁铮、倪征燠等诸先生。在辛亥革命、民国乍兴、抗日战争、解放战争时期，新旧杂糅，风起云涌，顺历史潮流而动者，逆历史潮流而动者，逍遥观望者，先顺而后逆者或先逆而后顺者，不同的脸谱，不同的角色，在中国近现代历史上，或成为历史发展的动力之一，或成为阻力之一。能成为全国政协无党派爱国人士组的一员，无论贡献大小，都是历史发展推动力的组成部分。李铁铮先生是国际法学家、国际关系学家、外交家，民国时曾驻外任大使、联合国代表团顾问兼大使衔代表，中华人民共和国成立后转身从事研究、教学。1964 年回国任外交学院教授，1976 年再赴美国，1978 年再度回国直至去世。全国政协五届五次会议时，李铁铮先生手持拐杖，虽瘦骨嶙峋，却不怒自威，清癯的脸上写满了历史沧桑的风云和知识分子的风骨，一睁一言，显现出外交官和大学教授的风范。倪征燠先生是新中国第一位国际法院大法官，是与中国 20 世纪法制史同行一生的人。抗战胜利后，1946 年至 1948 年在远东国际军事法庭审判土肥原等十恶不赦的日本战犯时，倪征燠先生临危受命、挺身而出，深入搜集侵华日军的罪证，用道义、担当和学识，挽狂澜于既倒，令日本法西斯侵略中国的历史铁证如山，一举扭转审判初期中国方面有冤难伸的被动局面，使战犯得到了应有的惩处，为国家讨回了公道，为民族赢得了尊严。慈眉善目与凛然正气，折冲樽俎与冲冠一怒，温文尔雅与严慎不苟，这些看起来截然不同的气质，倪征燠先生将之和谐有序地融为一体。

居庙堂之高则忧其民

　　"不以物喜，不以己悲；居庙堂之高则忧其民，处江湖之远则忧其君，是进亦忧，退亦忧……先天下之忧而忧，后天下之乐而乐。"宋人范仲淹在《岳阳楼记》中所阐释的家国情怀，在全国政协五届五次会议期间，被无党派爱国人士组这群耄耋之年的老人，丰富而生动地演绎着。

　　1978 年 12 月召开的党的十一届三中全会，确定把全党的工作重心转移到社会主义现代化建设上来，开始了党在思想、政治、组织等方面的拨乱反正，揭开了改革开放的序幕。同时，本着实事求是、有错必纠的原则，开始大规模地平反冤假错案和调整社会各方面的关系。

　　为进一步协助党和政府落实知识分子政策，全国政协五届五次会议前，召开了一系列知识分子问题座谈会，广泛听取有关专家学者的意见建议，并组成调查组赴一些省市就知识分子，特别是中年知识分子在入党难、安排使用、工资待遇、夫妻两地分居、住房困难、子女入学和就业等政策落实方面的问题，进行调查研究，提出意见建议。在全国政协五届五次会议期间，无党派爱国人士组在进行小组讨论时，委员们既对知识分子春天的到来欢欣鼓舞，又为进一步落实好知识分子政策，特别是为年龄五十岁左右、工资五十多块钱、住房五十来平方米的"三五牌"中年知识分子的问题而鼓与呼，为他们面临的教学科研任务重、基层党政工作任务重、经济负担重，工资收入低、生活水平低的"三重两低"问题而忧心忡忡。他们认为，在落实对中年知识分子的政策方面，有些地方和单位"只听楼梯响，不见人下来"，口惠而实不至；有些地方和单位一年年地拖，使党的好政策减色、逊色。他们还对有的人、有的地方未将知识分子作为工人阶级的一部分，仍作为团结、教育改造对象的做法，进行了批评。有的委员说，我家九口人，三间住房，书桌都没地方放，只能把书籍资料堆在床下，在床上搞研究。老专家尚且如此，遑论中年知识分子了。有的委员说，家中三个大学生，一个五年毕业，一个六年毕业，一个六年毕业后又读研究生，工龄短、工资低，工作十分繁忙，生活十分拮据，不解决中年知识分子的困难和问题，教育、科研工作将会后继乏人。一群老年知识分子，对教学、科研后继是否有人的问题，为保护中年知识分子、发挥好中年知识分子作用的问题感同身受，言辞恳切。

全国政协五届五次会议，是在党的十二大正式提出"建设有中国特色的社会主义"新命题之后召开的一次重要会议，在人民政协历史上具有重要地位。这次会议的一个重要议题是审议修改政协章程。由于历史的影响，当时的宪法、政协章程沿袭了一些"文化大革命"时期的提法。委员们在讨论宪法修正案草案和政协章程修正案草案时，有的戴着厚如瓶底的眼镜，有的手持放大镜，有的眼镜几乎贴着文件，在逐字逐句的阅读斟酌，提出修改的建议。毛泽东主席说过："世界上怕就怕认真二字，共产党就最讲认真。"无党派爱国人士组的15位老人，也同共产党人一样，最讲认真，其认真、较真的态度，至今令人难忘。他们对"无党派民主人士""无党派爱国人士"两个不同表述的执拗，则反映出他们对过去同共产党一道反抗国民党独裁统治，争民主自由、争民族发展进步的历史和经历的珍视。在他们看来，"民主人士"当然"爱国"，在"爱国"的基础上争取民主、进步，追求真理，政治上"民主人士"高于"爱国人士"。此外，他们还认为，无党派民主人士组15人太少，应该"开源扩军"。回头看看，他们的意见应该起了作用，一至四届时，都称为"无党派民主人士"，五届例外。

六届一次会议时，这个小组的名称确实由"无党派爱国人士小组"改回为"无党派民主人士组"。一届时无党派民主人士有正式代表 10 人、候补代表 2 人，二届时亦是 10 人，三、四届时 20 人，到六届时小组委员人数由五届的 15 名增加到 48 名。他们在讨论《政府工作报告》时，对节能、环保等方面问题，较早地提出意见建议，可谓础润知雨。他们老成谋国，悉心国是，具有很强的委员角色意识，即使会期较长，即便岁高年长，除抱病遵医嘱不得不休息外，自始至终坚持与会并认真履职尽责。

嬉笑怒骂皆成文章

宋人黄庭坚在《东坡先生真赞》中写道："东坡之酒，赤壁之笛，嬉笑怒骂，皆成文章。"无党派爱国人士组这群学养深厚、阅尽人生的老人，在小组发言和会下交谈中，有宏论、有诗作，有正说、有调侃，有天真、有淳澹，但没有怒骂。岁月积淀，厚积薄发。谈天说地，皆有深意；信手拈来，总有珠玑。

梁漱溟先生两次发言谈为何离开民盟。第二次小组讨论时，梁漱溟先生说，我在第一次小组讨论发言中讲了我为何离开民盟的事，但其中有不少的遗漏，需再作补充。在两次发言中，他将自己的经历理出了这样一个历史脉络：由乡村建设起家，希望从乡村自治体开始，逐步建立英国式的宪政国家。乡村建设在广东、河南、山东的实验以未果而告终。后来，作为乡村建设派的代表人物，与青年党、民社党、农工民主党、中华职教社、救国会"三党三派"结成中国民主政团同盟（中国民主同盟的前身），是民盟的发起人之一和成立宣言起草者。抗战胜利后，奔走于国共两党之间，在国共和平无望后，特别是因政治上的分野，认为中国不能搞两党制、多党制，只能一党制的思想，与许多人的想法产生了较大分歧，故而离开民盟，成了无党派的一人。从文史资料中了解到，梁漱溟先生1938年到延安考察期间，曾多次与毛泽东主席交谈。在就梁所著《乡村建设理论》进行长谈时，毛主席不赞同梁的"改良主义道路"，梁也不同意毛主席的观点。两人各持己见，谁也没有说服谁。但最后梁也认可毛主席"今天的争论不必先作结论，姑且存留听下回分解"的意见。梁漱溟先生被称为"中国最后一个儒家"，他与毛泽东主席多次长谈、交流思想，是熟稔的老友。而到1953年9月，梁漱溟先生则让人难以理解地"面折庭争"，一而再、再而三地要考量毛主席的"雅量"，并直言"您若有这个雅量，我就更加敬重您，若您没有这个雅量，我将失掉对您的尊敬"。在记录梁漱溟先生的发言时，我对这样一位一生写满政治风云的人士在小组讨论时反复讲"为何离开民盟"一事颇为不解，随着在中央统战部从事民主党派工作经历的积累，逐渐明白了梁先生的深意，谈掀掌故，以清视听。梁漱溟先生是1947年风云变幻时因政治观点的不同而离开民盟，定义是"离开"而不是其他。

在第一次小组讨论时，王力先生对全国政协常务委员会的工作报告表示拥护和赞成，他谈了要认真学习贯彻党的十二大精神、认真讨论宪法修正案草案和政协章程修正案草案、积极参加政协协商和协助落实有关政策、努力开展人民外交等五点认识体会。随后说，昨晚写了一首七律，祝贺全国政协五届五次会议，诗曰：

照人肝胆仰高风，
国运兴衰荣辱同。
大计协商筹善策，
宏谋共议奠新功。
云鹏展翅声威振，
天马行空气势雄。
屈指廿年成伟业，
二番产值祝农工。

王力先生，广西博白人，语言学家。他编写的《古代汉语》四册，是大学历史专业学生的必读书籍。我的书柜里，至今还放着他这套书，并不时拿出来翻阅。吟诵赋诗后，他还幽默了一句：按以往经验，我的诗在简报上登出来时往往会错几个字，登诗的小组简报清样是否可让我先看一下。

曾世英先生是我国著名的地图学家、地名学家。83 岁高龄的曾世英先生，一头黑发，身板挺直，精神矍铄。他在发言中说，地图工作当然有保密的问题，有的保密属政策性的，有的属技术性的，有的属知识性的。但保密不能无边无际，更不能对外不保密对内却保密，单位之间相互保密。否则，不是有利于工作而是妨碍工作。一番保密工作要利于工作的发言之后，话锋一转，他突然说道：我经常蒙受不白之冤。在大家错愕之时，他悠悠道来，乘坐公共汽车的时候，因为头发不白，不像 80 多岁的老人，还时常给别人让座。"闻弦歌而知雅意"，"不白之冤"，似别有含义。

时光荏苒。重拾 37 年前的记忆，回想 37 年来的经历，我从最初作为小组秘书为委员服务，到后来自己作为委员履职尽责，再到在政协机关工作——既为委员服务又履行委员职责，在时空的变换中角色也不断变换，但不变的是与政协的情缘。有幸从不同的角度亲历和见证了人民政协事业在党和国家大局中，在时代发展的大潮中阔步前行的壮美历程。人民政协事业取得的辉煌成就，人民政协制度展现出的蓬勃生命力，足以告慰包括五届五次会议无党派爱国人士小组 15 位委员在内的所有前辈和先贤。今年恰逢新中国和人民政协成立 70 周年，让我们共同期待和祝愿人民政协把握新时代的新方位新使命，走向更加辉煌的明天。

文史旨趣，历久弥新；家国情怀，历久弥深。

（刊于 2019 年 8 月 19 日《人民政协报》，后收入
2019 年中国文史出版社《人民政协成立 70 周年
纪事》一书，收入本书时略作改动）

和羹之美，在于合异

　　读《人民政协报》8月25日刊发的《共享民族复兴的伟大荣光——习近平总书记关于民族团结进步重要讲话综述》时，感慨良多。静下心来，不由得想起三个看到过和听说过的故事。

　　第一个故事，毛泽东主席为甘孜白利寺格达活佛撰写挽联。1936年3月初，朱德同志率红四方面军长征北上路经甘孜藏区时，与白利寺五世格达活佛相识，经多次接触长谈，增加了彼此了解，结下了深厚友谊。在交谈中，格达活佛曾问过，红军是什么样的队伍，最大的领导人是谁，朱德同志说，红军是为天下穷人救苦救难的队伍，最大的领导人是个外国人，叫马克思。格达活佛则回应道，我们的佛祖释迦牟尼也是外国人，佛教普度众生和红军解救穷人苦难是一样的。朱德同志总结说，是的，我们的目标一致，所以，我们是好朋友嘛！此后，格达活佛确立了跟共产党走的决心和信心。

　　因为对彼此的了解、尊重及形成的友谊，红军与白利寺签订了《互助条约》。在藏区成立的藏族历史上第一个革命政权——中华苏维埃博巴自治政府，格达活佛担任副主席。时间到了1950年7月，中国人民解放军解放大西南，准备挺进西藏，和平解决西藏问题时，格达活佛主动担责，启程赴藏，为西藏和平解放多方奔走做工作，直至被敌对势力投毒而牺牲。消息传到北京，毛泽东主席即撰写挽联吊唁："为真理，身披袈裟入虎穴，纵出师未捷身先死，堪称高原完人；求解放，手擎巨桨渡金江，虽长使英雄泪满襟，终庆康藏新生。"并题词："中华人民共和国各民族团结起来"。题词被制成锦旗，连同慰问品，派专人送到白利寺，慰问格达活佛亲属。

汉藏两族人民的团结，僧俗两界的团结，跨越时空，跨越信仰，高山不语，静水流深。

第二个故事，还想拜见一个人。1950年国庆节前夕，中央人民政府邀请刚刚解放不久的云南边疆少数民族、土司头人代表组成参观团，进京参加国庆观礼并到内地一些城市参观访问。由于种种因素，被邀请参加观礼活动的有些人心有疑虑和担心。有的担心被调虎离山，害怕走出大山后回不来了。有的找种种借口推辞，或者要花钱雇人代去。更有甚者，要求地方政府派人作人质才去。经做反复细致的工作，最终参观团顺利成行。几十天以后回到山寨，参加观礼的人十分欣喜和荣耀，逢人便讲到内地的所见所闻，表达对党和国家的感情，表达身为祖国大家庭一员的兴奋与自豪。

这个故事到这里还没有结束。我从事民族宗教工作时，在云南调研途中听到的一个"美丽的传说"，是这个故事的完美"收官"。

据说，这些少数民族、土司头人代表参加完国庆观礼活动离京前，有关方面负责人细心地询问他们还有什么想法愿望。他们在多方感谢之后，犹豫再三才说，到北京来，见到了毛主席、刘少奇副主席、周恩来总理、朱德总司令，十分高兴，但还有一个人没有见到，有些遗憾，如有可能，希望拜见。有关方面负责人问，你们还想见谁呀？答：想见共产党。这是一个无法考证实情的"美丽的传说"，但却真实地演绎出纯真朴实、见少识少的少数民族、土司头人代表将共产党这个组织拟人化、人格化、具体化，当作一个"大好人""大伟人"的真情实感。

"神之听之，终和且平。"一个"美妙的误会"成为一个"美丽的传说"，说明中国共产党在边疆少数民族人民心中的地位和影响，既巍巍然如泰山北斗之尊，又蔼爱可亲，善气迎人。

第三个故事，宁洱剽牛、喝咒水盟誓。1951 年元旦，新的一年开始了，在现普洱市宁洱县，到北京参加国庆参观回来的人士，情动于心而形于行，与佤、傣、彝、拉祜、哈尼、布朗、基诺等 26 个少数民族代表齐聚，响应佤族头人拉勐的提议，举行剽牛、喝咒水盟誓仪式，并将盟誓词刻在石头上，以表达各民族团结一家永不变心的决心。这就是云南少数民族歃血盟誓，26 个少数民族代表及当地党政军代表 47 人刻石为记的"民族团结誓词碑"的由来。刀凿斧刻的誓词为："我们二十六种民族的代表，代表全普洱区各族同胞慎重地于此举行了剽牛，喝了咒水，从此我们一心一德，团结到底，在中国共产党的领导下，誓为建设平等自由幸福的大家庭而奋斗！此誓。"这座碑被称为新中国民族团结第一碑。

不仅如此，在"宁洱盟誓"不久，大山深处的佤族同胞，又举行了"佧佤山区各民族团结保家卫国大会"，举行泡水酒、剽牛、喝咒水仪式，每个头人带一块石头，垒成盟誓塔（民族团结塔），以示听毛主席的话，跟共产党走，永不变心。

古老的方式，朴素的情感，真挚的表达，如磐的决心，被一个石碑、一块块石头记录下来。

石榴，在西南地区种植较多。一个石榴几百粒籽，被一层薄膜分成一块一块的。但千子同一，多房同膜，浑然一体。习近平总书记用像石榴籽一样紧紧抱在一起来形容民族团结，是那样的形象、生动、语意透彻。多元一体，一体多元。从哲学的角度，从政治关系的角度，阐释我国各民族的发展历史和血肉联系。"和羹之美，在于合异。"充分认识多元一体这一历史结论和辩证关系，自然会得出和揭示我国各民族在交流、交往、交融中臻于"各美其美、美人之美、美美与共、天下大同"的结论和规律，自然会提升铸牢中华民族共同体意识的政治清醒和政治自觉。

三个故事也说明，我国各民族的手足相守，守望相助，有携手走过风雨的历史传统，有用血肉凝结而成的牢固关系，有知党恩、感党恩，知国恩、感国恩的嘉言懿行，有全社会像爱护自己的眼睛一样爱护民族团结的共识。千秋此心。"民齐者强"，"万人操弓，共射一招，招无不中"。在新的历史时期，在实现第二个百年奋斗目标的征途上，在以习近平同志为核心的党中央领导下，我国的民族团结一定进一步巩固和发展，我国各民族一定"手挽着手、肩并着肩，共同努力奋斗"，"同心共筑中国梦"。

（刊于 2021 年 8 月 30 日《人民政协报》，

收入本书时略作改动）

"何妨一下楼"

读岳南三卷本、100多万字的巨制《南渡北归》时，读到闻一多先生在云南蒙自西南联合大学蒙自分校的片段，联想到两次到蒙自，登上挂着"何妨一下楼"标识的那座三层小楼，到二层二号闻一多先生借居的斗室瞻仰的往事，不由得感从中来。

闻一多先生是著名的诗人、学者、民主教授，是民盟老一代代表性人士。因工作关系，对八个民主党派之一的中国民主同盟的历史、对闻一多先生等民盟先辈们的事功行藏，有所了解并钦佩有加。

颠沛流离，弦歌不辍。七七卢沟桥事变后，日本全面入侵中国。在中国共产党领导下，建立抗日民族统一战线，全面抗战，中华民族勠力同心，浴血奋战，誓将日本侵略者赶出中国去。

一切为了抗战，抗战不忘教书，教书为了抗战。正如邹韬奋先生所说："书生报国无他物，唯有手中笔做刀。"因此，北大、清华、南开等大学辗转千里，由北平、天津而长沙，由长沙而驻足云南边陲，家国不幸，仍书声不断，弦歌不辍。卢沟桥事变后不久，闻一多先生即离开北平。据说，日本人为留下他，许诺给他配司机、豪宅，但闻一多先生不事伪职，仅携《三代吉金文存》《殷墟书契前编》两部书，辗转南下。由长沙向云南转移时，闻一多先生与其他 320 多名师生一起，组成徒步步行团，历时 68 天，行程 3300 余里。在兵荒马乱中，在跋山涉水、风餐露宿的途中，闻一多先生指导学生收集整理途经地的民歌民谣，研究不同民族的语言文化，进行田野考察。闻一多先生自己就留下了 50 余张取材别致、笔意苍劲的写生画。岁月板荡，抗御外辱的同时，书生不忘于学、永志于学，由此可见一斑。

在希腊商人修建的歌胪士洋行的办公楼，闻一多与一众清华、北大名教授陈寅恪、朱自清、刘文典、郑天挺、陈岱孙等比邻而居。闻一多先生向学生讲授《诗经》《楚辞》之余，便在二楼的斗室潜心学问，用功甚勤，绝少下楼。据郑天挺先生回忆说，饭后大家去散步，闻先生也不去，我劝他何妨一下楼呢。在大家的笑谈中，"何妨一下楼主人"便成了闻先生的一个典故、一个雅号，不久，在昆明的联大校园也传开了。

读书为学所为何事？正如古人所言，为天地立心，为生民立命，为往圣继绝学，为万世开太平，唯此而已矣。正如西南联大校训所言：刚毅坚卓。正如闻一多先生参与编撰定制的校歌所咏："千秋耻，终当雪，中兴业，须人杰，便一成三户，壮怀难折。多难殷忧新国运，动心忍性希前哲。待驱除仇寇，复神京，还燕碣。"校训校歌又何尝不是闻一多先生等的心迹与自勉。正因为有闻一多先生等教授们，坚信教育一定能够助力中华民族重新振兴、重新屹立在东方，才有西南联大 8 年间，在缺桌少椅的教室里，在遍布茅草房的校园里，培养出了科技、人文领域灿若星汉的巨擘、泰斗、大师。

茹风陋食，不坠青云之志。抗战时期的云南，虽然属于后方，但经济并不发达，还时常遭受日本飞机的轰炸。偏居一隅的云南，一下子涌入若干大学、若干师生，经济的窘迫更为彰显。匮乏的物资、飞涨的物价，使来自北方的西南联大的老师们，既有气候、生活习惯的不适，更有度日艰难的煎熬。

据说，当时昆明街头的乞丐，只要遇到西南联大的教授，都不会纠缠。为生活所迫，闻一多先生等老师们，教学、研究之余，放下身段，各显神通，为稻粱谋。清华大学校长梅贻琦先生夫人韩咏华女士制作"定胜糕"卖，沈从文先生卖文，费孝通先生在云南大学门口摆摊卖大碗茶。而闻一多先生则刻章赚钱，补贴家中用度，一份《诗文书镌联合润例》便是闻一多先生与其他教授卖文售章的广告。《润例》标明，刻石章每字 100 元，牙章每字 200 元。浦江清教授还为闻一多先生撰写一篇《闻一多教授金石润例》，对其金石之艺，称"惟是温磨古泽，仅激赏于知交；何当琬琰名章，共榷扬于艺苑"之后，又言"爰缀短言为引，公定薄润于后"。苦中作乐，"一箪食，一瓢饮"，"饭疏食饮水，曲肱而枕之"，此之谓也。

毛泽东同志在《论持久战》中说："中国会亡吗？答复：

不会亡，最后胜利是中国的。中国能够速胜吗？答复：不能速胜，抗日战争是持久战。"闻一多先生等教授们，在异常艰难困苦的条件下仍为中华民族的未来培育英才，打的就是教育领域的持久战，打的就是为国输诚的持久战。行为世范，8 年中，西南联大毕业生约 4000 人，其中 834 名莘莘学子走上了抗日前线，浴血疆场。

"前脚踏出大门，后脚就不准备再踏进大门。"这是闻一多先生在民盟云南省支部召开李公朴殉难报告会上所作著名的最后一次演讲中重申李公朴先生的一句话。此话获得了长时间的热烈掌声。

习近平总书记曾讲过，中国共产党领导的多党合作和政治协商制度，是中国共产党、中国人民和各民主党派、无党派人士的伟大政治创造，是从中国土壤中生长出来的新型政党制度。我国的新型政党制度，发轫于抗日战争、解放战争时期，确立于中国人民政治协商会议第一次全体会议的召开，不断发展和完善于社会主义革命和中国特色社会主义建设时期。在实现"两个一百年"奋斗目标的历史交汇点上，在世界风云变幻无常的时期，更彰显出这一新型政党制度独具的光辉。以李公朴、闻一多先生为代表的民盟先烈们，用要民主、反独裁、要富强的行动，用鲜血和生命，为新型政党制度的诞生作出了自己的贡献。

从 1938 年 4 月由长沙而至云南，直到 1946 年 7 月 15 日被国民党特务枪杀，8年时间，是闻一多先生47年生涯中精彩壮烈的一段，而在蒙自分校短短的半年时间，则是这一段的开篇。抗战胜利前夕和之后，闻一多先生等一大批民主党派成员、无党派人士，义无反顾地投身到反独裁、反饥饿、反内战，争取民主自由的洪流中。闻一多先生不仅亲笔修改《昆明文化界致国民参政会电》，反对国民党召开所谓的"国民参政会"，剃去留了8年的长须，实现他抗战不胜利不剃须的誓言，而且在血与火的岁月里，为反内战、要和平出谋划策、冲锋陷阵。当有人问，民盟为什么要当共产党的尾巴时，闻一多先生不以为忤，正色回答，我们就是共产党的尾巴，共产党做得对，当尾巴有什么不好。

李公朴、闻一多先生在昆明"李闻惨案"中，马叙伦、雷洁琼先生在"下关事件"中，牺牲在重庆白公馆、渣滓洞监狱的30多名民主党派成员、无党派民主人士，被活埋在国民党监狱的黄炎培先生之子、民建临时干事会常务干事黄竟武先生等，用鲜血和生命谱写了追随中国共产党共创新中国的一曲曲壮歌。抚今追昔，在中国共产党成立100周年的今天，我们回顾党领导人民推翻国民党统治、建立新中国的历史时，应该看到各民主党派与我们党团结合作、患难与共的历史，是其中的有机组成部分；我们在缅怀我们党的先烈时，民主党派、无党派人士的先烈，在我们心中一样的重。正如周恩来同志在上海李公朴、闻一多追悼大会上的悼词中所言："我谨以最虔诚的信念向殉道者默誓：心不死，志不绝，和平可期，民主有望……"因为，他们用鲜血和生命，同中国共产党、同新中国凝结在了一起。

闻一多先生在"何妨一下楼"的歌胪士洋行旧楼，不过短短半年左右的时间，但郑天挺先生"何妨一下楼"之语，回头看去，却从一个侧面诠释了闻一多先生作为学者、诗人、民主斗士的精彩人生。

为了向学，而不"一下楼"，为了坚守学者之道，而不"一下楼"，为了真理，而不"一下楼"。这，是一份执着、一份骨气、一份追求。

（刊于 2021 年 4 月 26 日《人民政协报》，
收入本书时略作改动）

李济深故居——一段历史的窗口

站在广西壮族自治区梧州市苍梧县李济深故居前，仿佛站在一段历史的窗口。梧州的历史沿革、人文地理、掌故传说，拥向眼前耳畔；中国近代以降的历史烟云，在"世界潮流，浩浩荡荡，顺之者昌，逆之者亡"的大戏中跌宕起伏、峰回路转的事件，革故鼎新、折戟沉沙的人物，登高一呼，天下云集响应，赢粮而景从的新纪元，一帧帧的次第展开……

梧州，物华天宝、地杰人灵之地，扼浔江、桂江、西江，自古便有"三江总汇"之称。作为广西东向的大门，一江西江水由此向东，滋润着南粤大地。据说，粤语、粤菜和岭南文化的发源与梧州还有一定的渊源关系。梧州素有"千年古郡、百年商埠、绿城水都"之美誉。历史上留下了多个第一，如，中国历史上的汉代"岭南省府"，明代第一个总督府、总兵府、总镇府"三总府"所在地，第一个孙中山纪念堂等，还有龙母庙、骑楼街、金龙巷等众多名胜古迹，"六堡茶""双钱龟苓膏"等也名闻遐迩。一方水土养一方人，一方风气引领一方人。梧州深厚的历史积淀和文化底蕴，孕育了东汉末年佛学家、广西最早研究佛学的牟子，明末名将袁崇焕（一说为广东人氏），清末首任铁路大臣关冕钧，著名民主革命家李济深，中国当代三大武侠小说宗师之一梁羽生等。李济深先生与广西近代以来的李宗仁、程思远、梁漱溟、白崇禧、黄绍竑等，形成了桂系蔚为大观的历史风云人物。

近代以来，清朝王朝日趋式微，不断发生丧权辱国、割地赔款的事件。面对西方列强的船坚炮利、咄咄逼人，大有蚕食中国之势，致力于救国救民的志士仁人，或者面向西方，"以西方为师"，"师夷之长技以制夷"。或者再入象牙之塔，穷经皓首，向中国传统思想武库里寻找救世良方。一时间，可以说新旧杂糅、歧说丛出，中西交汇、风云激荡。处在这一时代背景下的青年才俊，不仅思想十分活跃，而且获得比以往更多的挥洒才能的机会和平台。直奔历史发展规律去也好，剑走偏锋也好，甚至成为历史的绊脚石也好，不论一路向前，还是又回到原点，甚至反其道而行之，都是那一段历史的一部分，都是那段历史抑或是经验、抑或是教训的一部分。

李济深先生，字任潮，1885 年 11 月生于苍梧县大坡乡料神村一个家道衰落的书香门第之家，1959 年去世，享年 74 岁。在国民党内，曾任国民革命军铁军军长、黄埔军校副校长、陆军上将等要职，是军界实力派代表人物和元老之一，人称"全国陆军皆后学，两粤名将尽门生"。新中国成立后，曾任中央人民政府副主席、全国人大常委会副委员长、全国政协副主席、中国国民党革命委员会中央委员会主席。1985 年 11 月，杨尚昆同志在纪念李济深同志诞辰 100 周年纪念会上的讲

李济深故居

话中，评价李济深先生"是著名的民主革命家、可敬的爱国主
义者、中国国民党革命委员会的创始人和卓越的领导人，也是
同我们党长期合作的一位老朋友。他为民主革命、新中国的建
立和社会主义事业作出了重要贡献，是值得我们永远怀念的"。
在李济深故居李先生坐像后方墙壁上，题有八个大字："民主
垂范，晚节可风。"称李济深先生晚节可风，可谓妙言要道。
"晚节可风"，是林伯渠同志对李济深先生的评价。李济深先
生晚节可风也离不开青年、成年时代的心路与行迹。据说，15
岁时曾有马姓算命先生说李命里有富贵。李济深先生故居录有

他一首五言以明志："马叟知天命，谓吾贵可求。但令身许国，何必列王侯。"青年以后，李济深先生离家从戎，到保定军官学校学习。1938 年，在为抗日救国奔走、抗争之中，赋诗明志："风驰电掣赴邕宁，为着元戎电请行。万孔千疮家国事，可能尺寸为苍生。"

李济深先生早年参加辛亥革命，反对帝国主义、封建主义，拥护孙中山先生的"三大政策"，追随孙中山先生致力于国民革命。国民革命军北伐时执掌后方两广军政大权。蒋介石发动"四一二"反革命政变，进行"清党"时，身为国民党大员的李济深也厕身其间，成为他一段"深感内疚"的经历。当国民党取得国家政权，彻底背叛孙中山先生、倒行逆施后，李济深先生与蒋介石关系破裂，分道扬镳，积极投入爱国民主运动和抗日战争。痛定思痛，也许正是这段经历，使他更加珍惜之后同中国共产党和共产党人的合作和亲密朋友关系。"安心倒向和平阵，建设荣华万万秋"，被毛泽东同志称之为"我们都是老朋友了，互相都了解"。

同国民党反动势力决裂后，李济深先生积极支持十九路军淞沪抗战，联名国民党内部反蒋实力派及民主人士发动福建事变，与中共签订《反日反蒋的初步协定》，拥护中共和平解决西安事变、建立抗日民族统一战线主张，联合国民党左派力量成立中国国民党革命委员会，不断彰显出"可风"之处，并为正义、正直、爱国人士所推崇。正如他在 1947 年 3 月发表的《对时局意见》中回顾所说："我是中国国民党党员，我们国民党执政已二十年，使国家弄到这样地步，我们的党，当然要负相当责任。照道理说，应该自我检讨，向全国同胞谢罪，真正还政于民。本来中国国民党，是一个革命的政党，孙总理留给我们的三民主义，是根据民主原则所创立起来的救国主义，但自民国十七年执政以后，这一切都被遗忘或被遗弃了。从此我们国民党，便逐渐与人民隔离，逐渐被独裁专制气氛所笼罩，于是革命精神，完全丧失，由为民服务，一变而奴役人民，在党内实在亦无丝毫民主气息。""每一个信仰总理遗教的党员，亦应该不客气的起来，改正党内反动派的错误政策，不应消极放任听其错误到底，误党误国，弄到同归于尽。"

清末民初，从乱哄哄你方唱罢我登场，党争不断，到国共两党阵营分明，全国形成抗日民族统一战线，再到万水朝东打倒蒋介石，解放全中国，李济深先生一生经历了清朝、民国、新中国，经历了旧民主主义革命、新民主主义革命、社会主义革命和建设，走过了一条在不断向前中有短暂曲折，同中国共产党由陌路人、两个阵营，最终到互为奥援、志同道合的朋友、同志的道路，得到了一个光荣归宿。所以，在 1948 年5 月 5 日，远在香港的李济深先生领衔各民主党派人士致电毛泽东同志，表示完全赞成中共中央"迅速召开政治协商会议，讨论并实现召集人民代表大会，成立民主联合政府"的"纪念五一劳动节"口号，表示："适合人民时势之要求，尤符同人等之本旨，曷胜钦企。"在从香港北上解放区的货船上，李济深先生写下了一段 1949 年新年献词："同舟共济，一心一意。为了一件大事。一件为着参与共同建立一个独立、民主、和平、统一、康乐的新中国的大事。同舟共济。恭喜恭喜。一心一意。来做一件大事。前进，前进。努力，努力。"1959 年 10 月国庆节后，李济深先生写下了他人生的最后一首诗，《国庆后写兴》："十年国庆万年红，衡麓光辉永照中。我与全民宏愿在，及身要见九州同。"言为心声，行为言表。李济深先生用诗歌与行动，表明了他"为建立一个民族独立，民主自由，民生幸福的新中国而奋斗"的决心与信心。

　　参观李济深故居，浏览陈列器物，品读题词及所录李济深先生诗作，"逍遥步兰渚，感物怀古人"。感慨系之：李济深先生的一生，可以说是中国近现代史的一个缩影；李济深先生走过的路，可以说是中国近代以来志士仁人、民主党派老一代领导人不断前行的一个范式。一滴水、一条小溪，汇聚起来，就能成为奔腾向海的黄河、长江；一个人的奋斗，一个人的志向，汇聚到中国共产党周围，就能成为磅礴的力量和现实的成就。处今观古，处静观动，谨识"不忘合作初心，继续携手前进"，实为各民主党派老一代领导人的历史经验总结和金玉良言。

（刊于 2021 年 10 月 30 日《人民政协报》，

收入本书时略作改动）

井陉怀古

　　井陉，河北省会所在地石家庄的一个郊县，控晋冀通衢要冲，襟太行山东麓，为太行八陉之五陉，天下九塞之六塞，史上为兵家必争之地。《太平寰宇记》称："四方高，中央下，如井之深，如灶之隆。燕赵谓山谷曰陉，下视如井，故为井陉。"

　　井陉不仅形胜，而且历史悠久，建制较早。之前的不说，明洪武二年（公元 1369 年）即设县治，为真定府属县。揆诸历史，井陉是一处写满汗青沧桑，承载着历史的长度、厚度和宽度的地方。公元前 204 年，楚汉战争中，汉军大将韩信以不到 3 万人的兵力，背水列阵，以少胜多，一举歼灭号称 20 万之众的赵军，在历史上留下"背水一战"的著名典故。"背水一战"，又称井陉之战。公元 755 年—763 年，唐军将领郭子仪、李光弼消灭叛将安禄山、史思明，平定安史之乱，也与此地有关。公元 1900 年，清军将领刘光才在井陉抗击八国联军，此地为庚子大战战场之一。1940 年抗日战争期间，彭德怀、左权指挥八路军进攻和反"扫荡"日本侵略者的百团大战，井陉一带皆为战场。神游物外，而心与景接。历史的烟云，许多留在史书里，有的展现在文学作品和影视剧里，有的变成民间传说，有的消失在岁月的尘埃里，只有秦皇古驿站，历经千年风雨，仍深深镌刻在井陉的太行山石块上，清晰可见，亘古不灭。

惜乎哉！对井陉，估计少有人有耳闻，甚至还可能有不少人读不准井陉的"陉"字。

存世的秦皇古驿道和古驿站，不知几何，但井陉的秦皇古驿道确实是保留完整的一部分。据说，机缘巧合，因修建公路改了道才得以留存。这里，既有古驿道的历史遗存、古驿站旧址，还有耸立在古驿道上、古驿站旧址旁的东天门，沐历史风雨，经朝代更迭，虽"伤痕累累"，不断修缮后仍屹立不倒。井陉秦皇古驿道，不失为怀古的一个去处。

秦皇古驿道坚硬斑驳的太行山石块上深深的车辙，记载着秦始皇横扫六合、兼并列国、使天下归于一统的雄才伟业。公元前247年，秦始皇即位；公元前238年，亲理朝政后重用李斯、尉缭；自公元前230年起，开始了长达10年东征西讨的统一韩、赵、魏、楚、燕、齐六国之战。统一六国后，秦始皇开疆拓土，南征百越，北击匈奴，开发北疆，开拓西南，使中国形成了统一的多民族的大国。与此同时，修筑长城，迁卒戍边，使"胡人不敢南下而牧马，士不敢弯弓而报怨"。一时间，"普天之下，莫非王土；率土之滨，莫非王臣"。秦始皇作为"千古一帝"，虽然毁誉集于一身，但作为中国历史上第一个统一王朝的开国皇帝，建立起以郡县制和官僚制为核心制度的统一的中央集权的国家，"分天下为三十六郡"，奠定了中国本土的疆域和两千多年政治制度的基本格局，对中国的历史产生了深刻而久远的影响。虽"秦皇汉武，略输文采"，仍能"秦王扫六合，虎视何雄哉！挥剑决浮云，诸侯尽西来"（李白诗）。从公元前221年秦始皇灭六国称帝到公元前210年病逝，从公元前210年胡亥（秦二世）继位到公元前207年被逼自杀，秦王朝不过15个年头，不可不谓短命帝国。两千多年前的秦王朝虽然已经远去，但鉴往知今，它留下的政治遗产和历史文化遗产，有形的和无形的，有文字的和无文字的，不仅深刻影响着过去的中国历史，在某些方面时至今日仍然有其影响。秦王朝所揭示的中央集权的统一的多民族国家的治理规律和创立的制度，不因其王朝短暂而蒙尘，不因其年代久远而失色。

秦皇古驿道坚硬斑驳的太行山石块上或深或浅、似断还续的车辙，既是古驿道的真实所在，又是诉说两千年历史的载体。伫立在古驿道旁，眼前似乎呈现出历史上的一幕又一幕。那呼啸而来、绝尘而去的驿车或驿马，马喷着响鼻，驿卒挥汗如雨，天下甫定，传檄四方的场景；那金戈铁马、烽火连天，军情十万火急，士卒重装向前，辎重源源不断的战争场面；那东来西往的商贾不绝于道，游学四方的士子行吟春秋，或逃难流亡的百姓哀鸿声声，饿殍路倒的凄凉悲惨，等等，不同时间、不同背景下都在这条驿道上演绎过。一朝一代可能在歌舞升平中发展，也可能在歌舞升平中衰落，但历史不只会在歌舞升平中前进。刀光剑影、鼓角铮鸣，似乎更能诠释历史发展中的曲折和艰辛。这被车辙压得断断续续、沟壑皱折相交的古驿道，不就是历史波浪式发展的微缩景观吗？不就是在诉说历史发展、社会兴衰的规律吗？

春秋时期，周天子逐渐失去了"天下共主"的地位；战国时期，周室更是日益式微，诸侯国不断有"问鼎中原"的觊觎。战国初年人子思所著《中庸》曰："今天下书同文，车同轨，行同伦。"在子思所处时代，这实际上只能是一种理想，真正实现天下"一法度衡石丈尺，车同轨，书同文字"等，肇始于秦始皇。这"三同"是我国历史上一次伟大的改革，是人类文明进步的一个重要里程碑。自公元前 220 年起，秦王朝陆续修建了以咸阳为中心的三条驿道，一条向东到过去的燕、齐地区，一条向南达过去的吴、楚地区，一条向北直抵九原，以供防御匈奴之需。井陉秦皇古驿道一段，是否属于秦王朝向东驿道的一部分或者是其支线，不得而知。但作为进出太行山的交通要隘，无疑具有十分重要的军事、经济、文化价值。因其历史久远，世界文化遗产协调官员亨利·克利尔考察后称，这一古道比罗马古道至少要早 100 多年。历史的厚重，浓缩在了与现代高速铁路、高速公路、高等级公路相比微不足道的古驿道上。

秦皇古驿道旁一个不起眼的平台，在夏日豪雨过后，氤氲开去一个皇位更替、宫室外臣争斗，波谲云诡、腥风血雨的大戏。秦始皇有名字记载的四个儿子中，长子扶苏，幼子胡亥。秦始皇第五次东巡时，左丞相李斯、中车府令赵高、胡亥随行，扶苏留守咸阳。秦始皇巡游至沙丘宫（位于今河北邢台广宗县）时因病驾崩。李斯"为上崩在外，恐诸公子及天下有变，乃秘之，不发丧。棺载辒凉车中，故幸宦者参乘，所至上食。百官奏事如故，宦者辄从辒凉车中可其奏事。"因天气炎热，遗尸发臭，为掩人耳目，乃"令车载一石鲍鱼（湿的咸鱼），以乱其臭"。其间，赵高、胡亥胁迫李斯，"阴谋破去始皇所封书赐公子扶苏者；而更诈为丞相斯受始皇遗诏沙丘，立子胡亥为太子。更书赐公子扶苏、蒙恬，数以罪，赐死"。回到咸阳，胡亥继位，是为秦二世。"朕为始皇帝，后世以计数，二世、三世至于万世，传之无穷。"历史没完全按照秦始皇的设计走下去，只到二世并仅历时三年而斩，轰然倒塌。历史就这样发生了，历史就这样改变了。

　　徜徉在秦皇古驿道旁，流目所及，古驿道旁一处不大，既不太平整也不那么起眼的地方，却是秦始皇歇灵台。这一个如无人指出，游人往往一带而过的石台，浓缩了一段历史，留下了历史的痕迹和记忆，成为了一本无字的书。历史就是如此，往往由一件小事生发开去，往往由一件小事铭记下来。

　　身临秦皇古驿道，让人凭吊、遐思、联想。秦王朝隳于何人？败于何事？消于何年？止于何地？一条秦皇古驿道，发生了什么？记载了什么？昭示了什么？留下了什么？秦王朝倏然而来，忽焉而去。其动也天，其静也地。历史，对旁观者是一段故事，对后来者是一个殷鉴。蓦然，想起了唐朝章碣《焚书坑》一诗：

竹帛烟销帝业虚，关河空锁祖龙居。

坑灰未冷山东乱，刘项原来不读书。

古人崇尚读万卷书，行万里路。我以为，只要用心，行路亦是读书，亦可怀古。告别秦皇古驿道时已是夕阳西下，我随手在手机备忘录里写道：古道遗千年，沧桑人世间。多少兴亡事，凭吊夕阳天。是为小记。

（刊于 2018 年 9 月 8 日《人民政协报》，2018 年第 35 期《石家庄旅游》杂志，收入本书时略作改动）

徜徉在香山寺与白园

出差到洛阳，入住位于东山怀抱的东山宾馆，偶成了一小段吊古之旅。

东山，伊水之滨，古时因山上产可织葛衣的香葛而称香山。唐代诗人韦应物《游龙门香山泉》有言："灵草有时香，仙源不知处。"东山宾馆，临伊水而居，坐对被称为我国三大石刻艺术宝库之一的龙门石窟，掩映在翠柏绿竹之中，十分幽静。

意想不到的是，在所住楼两侧不远的花木扶疏之处，坐落着一为历史古迹的香山寺，一为现代以古墓扩建而成的精致公园——白园。而且，香山寺、白园，都与被称为"诗魔""诗王"的中唐大诗人白居易密切相关。住东山宾馆的时间虽短，但早晚徜徉在香山寺、白园，俯仰历史文化，探幽古人旧事，回看风云际会、人事更替、社会嬗变；听一行中的饱学之士盱衡古今、纵横捭阖、恣意汪洋，感慨良多！

香山寺始建于516年（北魏熙平元年），由武则天为帝时敕名。李白、孟浩然等曾游览香山寺并赋诗留念。一千多年来，香山寺栉风沐雨，几经重修。白居易，生于公元772年，卒于公元846年，享年74岁。公元829年去官离开帝都长安回到洛阳。伊阙山水，香山禅寺，白居易"眼下有衣食，耳边无是非"，"官散殊无事，身闲甚自由"，在此安享晚年。白居易"以传统儒学为正宗信仰，还深得佛教、道教之精要，三流归一，信仰始终"（陈寅恪先生之语）。不仅自费重修香山寺，并撰写《修香山寺记》，称之为"洛都四郊，山水之胜，龙门首焉。龙门十寺，观游之胜，香山首焉"。还爱屋及乌，常居香山寺，以"香山居士"为号。去世后遵"遗命不归下邽，可葬于香山如满师塔之侧"之嘱，未移灵回家乡，而是安葬于香山寺旁，是为今日全国唯一一座以"唐少傅白公墓"的碑、墓木已拱的坟冢和诗廊构成的纪念白居易为主题的白园。

当代著名书法家，通史学、工诗文的王遐举先生在白园书有一联，"为生民忧直言极谏，得山水乐饮酒赋诗"。一联道尽了白居易入仕、致仕，"达则兼济天下，穷则独善其身"，"居庙堂之高，则忧其民；处江湖之远，则忧其君"的心迹和行藏。白居易28岁中进士，之后担任校书郎、周至县尉、翰林学士、杭州刺史、苏州刺史、太子少傅等，官至二品，"历官二十任，食禄四十年"，仕途不可谓不顺。在与元稹的《与元九书》中自诩："十年之间，三登科第，名入众耳，迹升清贯，出交贤俊，入侍冕旒。"同时，白居易秉持的民本思想，又使他关注民生、关心民苦。"惟歌生民病，愿得天子知"，从《卖炭翁》《新丰折臂翁》到《长恨歌》《琵琶行》，"心中为念农桑苦，耳里如闻饥冻声"。也正因为如此，"始得名于文章，终得罪于文章，亦其宜也"（白居易《与元九书》），也就有了被贬江州司马的失意困顿。为官为文，白居易都属可称道的代表性人士之一。

晚年的白居易心性淡泊，虽然仍不时回忆过去的高光时刻，在 67 岁还写下怀旧词道，"江南好，风景旧曾谙。日出江花红胜火，春来江水绿如蓝。能不忆江南……"但多数时间，寄情于洛阳山水，或诗酒唱和，或参禅悟道。白居易在岗与不在岗时与同时代的诗人元稹、刘禹锡诗文唱和、书信往来，名气风头一时无两，并称为"元白""刘白"。白居易就曾总结与元稹等人交游的心得与收获："与足下小通，则以诗相戒。小穷，则以诗相勉。索居，则以诗相慰。同处，则以诗相娱。"与刘禹锡是"今日过我庐，三日三会面"。与友人则是"晚来天欲雪，能饮一杯无"。

晚年与诗友的唱和酬答，雅则雅矣！但仅此还不够，鸡豚社酒，雅俗兼济，殊有别趣。白居易就在家中，请长于自己的六位鲐背鹤发老人餐叙，并记述兹事，"胡、吉、郑、刘、卢、张等六贤皆多年寿，予亦次焉，偶于弊居合成尚齿之会，七老相顾，既醉且欢"，又诗言："七人五百七十岁，拖紫纡朱垂白须。手里无金莫嗟叹，尊中有酒且欢娱……"寥寥数十字，一幅晚年与老友相携相契，把酒言欢，其情温馨，其乐融融的画面，跃然眼前。之后，白居易又在六位老友之外，增加了僧、俗各一位老友，成了九老的"尚齿会"，还请画师为与会者画像并做记录。香山寺的"九老堂"及七老画像，就记录了白居易的这一雅事。"尚齿会"事，也为后代所仿效。老有所乐，此一乐也！所以陈寅恪先生总结说，"乐天（白居易字乐天）之思想，一言以蔽之，曰知足。知足之旨，由老子'知足不辱'而来"。知足者常乐，此之谓也！

天地逆旅，过客匆匆。不论"国家不幸诗家幸""愤怒出诗人"也好，"瑞气祥云初盛，诗情画意正浓"也罢，文章千古事，得失由人评说。白居易的 74 年人生在大唐盛世的中唐度过，以近 4000 首诗的成就，在唐代诗人中属于高峰之一。他的诗"非求宫律高，不务文字奇"，以用字用词多平白如话但又文学成就高称著，追求不识字的妇孺也能懂的，很接地气。他的诗词聚焦在卖炭翁、折臂翁、琵琶女身上，不仅黎民百姓、文人雅士喜欢，有时皇室也不例外，百年之后，仍得到了皇帝的关注。唐宣宗皇帝写白居易的诗云："缀玉联珠六十年，谁教冥路作诗仙。浮云不系名居易，造化无为字乐天。童子解吟长恨曲，胡儿能唱琵琶篇。文章已满行人耳，一度思卿一怆然。"这个评价，不为不高。就是到了清朝时期，乾隆皇帝巡游香山寺时赋诗两首，其中也有"虑输白少傅，已著祖生鞭"句，亦表达了对白居易的赞许之情。

"长恨春归无觅处，不知转入此中来。"这是白居易咏《大林寺桃花》诗中的两句。现代化建筑的东山宾馆院内，寂静地安放着香山寺、白园。入住东山宾馆，不经意间转入了写满历史和诗人情怀的香山寺、白园。又在不经意间，在香山寺一隅，看到了 1936 年洛阳国民党官员为在洛阳过五十寿辰的蒋介石修建的蒋宋别墅。蒋介石在洛阳小住一段后到西安，赓即发生了震惊中外、影响中国抗日战争走向的"西安事变"。古迹与现代的建筑、古人与今人杂处与混搭，有意无意地相互"不知转入此中来"了。

有的历史人物，存放在浩瀚的历史长河中，如能不时地展现出来，会生发开去许多思绪。有的历史事件，就是在自然发展或违和中，在必然与偶然中形成的。如能探寻到背后的衔接与轨迹，也是一件有意思的事！

（刊于 2022 年 7 月 9 日《人民政协报》，
收入本书时略作改动）

邯郸三千年

听久了"这么近那么美，周末到河北"的广告语，终于在一个深秋的周末，到了河北的南端，河北、山西、河南、山东四省交界处的邯郸。

邯郸两个字，专用于地名和出自邯郸的成语——邯郸学步。除此，无法表形表意。两个字分开，亦是如此。可以说，邯郸是专属一个地名的两个字。

到了邯郸，听到最多的两句话，一句是：邯郸，三千年不变的名字，行不改名，坐不改姓。另一句是：邯郸，红色旅游之地。而且，但凡听到这两句话时，总感到话中透着些许的历史悠长、文化厚重和地域自豪，透着一代人对这种悠长、厚重和自豪的尊重与爱护。

邯郸的历史悠长，可以从神话传说中的女娲炼石补天，抟土造人说起。位于中皇山陡壁上、仅靠九根铁链固定支撑的娲皇宫，始建于北齐（公元550年—577年）时期。在娲皇宫脚下，一尊女娲石雕像亭亭玉立，一面石壁上篆刻着六个大字："人从这里起源。"看着这一切，一个神话传说，似乎一下子变成了真实的故事。

穿越历史的烟云，从春秋战国说起，邯郸就是战国七雄之一赵国的都城，是当时中原地区最大的城市之一。赵国在此开国、兴盛、衰落，演绎和发生了诸如"围魏救赵""学胡服、习骑射""完璧归赵"的故事。吞六合、平天下，车同轨、书同文，设郡县、行官僚制度，一举成为中国历史上第一个统一王朝的千古一帝秦始皇，就生于斯、长于斯。现立于邯郸市中心的武灵丛台，肇始于赵武灵王时期（公元前 325 年—前 299 年），传说是赵武灵王阅兵和观看军队演练、娱乐表演之地。到过邯郸的李白诗曰："醉骑白花马，西走邯郸城……歌酣易水动，鼓震丛台倾。"曾两上武灵丛台的乾隆皇帝，也为此赋诗两首，其中有句："传闻好事说丛台，胜日登临霁景开。丰岁人民多喜色，高楼赋咏谢雄才。"几经风霜战火，武灵丛台依旧是那个武灵丛台。

不仅如此，集古城、水城、太极城之名于一身的广府，古城的宏阔、城墙的高耸、藏兵洞的奥秘、环城水系的充沛，让人流连。建于隋末，至今保存完好，称之为赵州桥姊妹桥的弘济桥，桥墩上的斑驳，桥身上或深或浅的历史烙印，无不记载着朝代的兴衰，人事的继替。当然，如要探寻三国时期曹魏时代的邺城"三台""建安七子"风采，只能诉诸史书了。

万物静观皆自得。到邯郸，徜徉在古城、古塔、古遗址等诸多的历史遗迹，可以读有字的历史，也可以读无字的历史，仿佛历史就在眼前。一段段历史的演变，一个个历史人物的成败，似乎可以再现。冷酷的历史，俨然可以鲜活起来。

　　人以文传，文以人传。一方水土养活一方人，一方水土在养活一方人的同时，往往形成一方独有的文化现象。"养"包含物质上的养育，也包括精神文化上的滋养。历经三千年的沉淀与演变，邯郸的文化现象之一，就是"成语之乡"。

　　成语的形成，无非源自神话传说、民间寓言，或者从历史事件、人物故事中演化而来。邯郸三千年的历史，传说多、故事多、典故多，自然成就了邯郸"成语之乡"的地位。据说，有 1500 多条成语典故，出自邯郸或与邯郸相关联。可以毫不夸张地说，在人们行文和交谈中，信手拈来、脱口而出的成语典故，往往都有邯郸的基因或元素。

　　——比喻一个人只知道一味地模仿别人，忘了自己的所长和根本，最后画虎不成反类犬，这就是"邯郸学步"。

　　——不惧权贵，对历史负责，秉笔直书，不置一妄言妄语，这就是"董狐直笔"。

　　——和衷共济，相忍为国的蔺相如，人非圣贤，孰能无过，知错改之的廉颇，这就是"负荆请罪"。

　　——忝为平原君赵胜门客，危难时刻挺身而出，面折廷争，不辱使命，这就是"毛遂自荐"。

　　——主观教条，刚愎自用，尚清谈而不知结合实际灵活运用，最终惨死阵前的赵括，这就是"纸上谈兵"。

　　茹古涵今，滋兰树蕙。如同老北京都能唱几句"二黄"一样，在邯郸与人交谈时，你会感到长期文化浸润的结果，邯郸人都能讲上几个成语故事和典故。

陕西、河北、山西等地，有多处抗日战争时期的革命老区。而邯郸市的涉县，则是刘伯承、邓小平率八路军一二九师战斗、生活过 6 年的地方，是太行抗日根据地的中心、晋冀鲁豫边区首府所在地。在这里，有"九千将士进涉县，三十万大军出太行"的壮举。从这里，走出了新中国改革开放的总设计师邓小平，共和国的刘伯承、徐向前两位元帅，陈赓等 3 位大将，18 位上将，48 位中将，295 位少将。

面临清漳河、依山就势而居的赤岸村，因其村西高岸处有一道红土岭而得名。因地势，也许也因"赤岸"之名，赤岸村将一二九师司令部拥入怀抱。一二九师司令部旧址、刘邓故居、作战室旧址、中共中央北方局太行分局旧址等，就散布在有冀南民居风格的四合院里。

因怀念这片热土，在邓小平将原庙坡山改名为"将军岭"的地方，安放着刘伯承、徐向前、黄镇、李达等将帅的灵骨。为保留并延续红色文脉，当地在此建成了赤岸公园，集中展示革命前辈、一二九师不朽的功勋和红色革命精神，并作为爱国主义教育重要基地。

岁月嬗变，时光不老。揆诸历史，回归当下，纵贯邯郸三千年，历史遗存、成语典故、文化传承、红色资源，虽然类型不同，但共情共处，共生共荣。在邯郸，在漫长文明发展中孕育的优秀传统文化，在党和人民伟大斗争中孕育的革命文化和社会主义先进文化，一脉相承，融为一体，令人自豪、自信。

（刊于 2023 年 11 月 18 日《人民政协报》，

2023 年第 12 期河北省政协《乡音》杂志，

收入本书时略作改动）

碧色寨火车站的芳华

位于云南省红河哈尼族彝族自治州蒙自县的碧色寨火车站，因是百年滇越铁路的一个重要站点而有名，近年，又因是电影《芳华》的外景地之一，成为网红打卡地。

身临碧色寨火车站，放眼望去，写满历史烟云的红瓦黄墙的法国式火车站建筑遗址，静静躺着伸向远方的一米窄轨，张贴着《芳华》剧照的墙壁，一群群拿着相机、手机，身着租来的上个世纪七八十年代军装拍照的少男少女，以及不时出现的中男中女、老男老女。驻足于此，一时间，还真弄不清了，到底是碧色寨火车站的芳华，还是芳华的碧色寨火车站。随后一想，生活也许就是这样，历史需要抹上现在的色彩才能缤纷鲜活，现在需要寻找历史的痕迹才能厚重绵长。历史需要芳华，芳华承载历史。但于我而言，更愿意看到的还是碧色寨火车站历史的"芳华"。

中国近代史，是一部已衰败的清王朝及无数志士仁人，学习借鉴西方，"师夷之长技以制夷"，以及受西方势力侵略掠夺的历史。交往与战火、欺压与抗争、民族工商业的萌动与割地赔款，血与火，艰难与曲折，相互交织，相互纠结，令人扼腕唏嘘。回望历史，有时是很具体的。当年的滇越铁路与碧色寨火车站，就是浓缩着这段历史的一个活化石，就是揆诸这段历史的一个窗口。千秋兴废，以史为鉴。历史的记忆和启迪，才是碧色寨火车站的"芳华"。

碧色寨火车站站台斑驳的老墙上，挂着一座据说当年火车站建成时来自法国的钟。钟已经没了时针、分针，不知因经历了什么而定格于何年何月？但历史不会因时钟的定格而尘封，不会因岁月的千淘万漉而停滞。法国作家雨果曾说："历史是什么：是过去传到将来的回声，是将来对过去的反映。"的确如此，穿越时间的幕墙，历史不仅展现在我们面前，而且愈久愈深沉。

碧色寨火车站，记录着一段屈辱与血泪的历史。1840 年鸦片战争后，西方国家势力大举进攻中国。云南毗邻的东南亚国家，多为法国殖民地。打开中国西南门户，掠取云南铁路修筑权，夺取云南丰富的矿产资源，扩大在华势力范围，是法国殖民东方的既定战略。1885 年，"中国不败而败，法国不胜而胜"的中法战争，使法国这一既定战略得以逐步实施。1903 年，法国与清政府签订《中法会订滇越铁路章程》，其中规定，河口至云南府（即昆明），准许法国公司修筑铁路，铁路占用土地由中国无偿拨给；中国地方官员要协助法国进行修筑铁路的购料、招派劳工、征地、占房等；铁路产业可在 80 年后由中国收回，但须由铁路进款项内还清铁路各种费用，清算办法以法国铁路公司的进款账簿为准。这些规定对中国的不平等和强权霸凌是赤裸裸的。

滇越铁路全长 859 公里，分越南境内的越段和云南境内的滇段。越段由海防市至老街，长 394 公里，1901 年动工，1903 年建成。滇段（现称昆河铁路）由河口至昆明，长 465 公里，1903 年动工，1910 年正式通车。碧色寨火车站是其中一个特等站。滇段铁路海拔高差 1900 多米，425 座桥梁、115 条隧道占全程的 36%，曲线占 53%，1 米轨距，每小时 30 公里的时速。

因山势险峻、工程艰难，滇越铁路被英国《泰晤士报》称之为与苏伊士运河、巴拿马运河相媲美的"世界三大工程奇迹"。但滇段铁路的奇迹，却是用鲜血和生命铸就的。修筑滇段铁路的 7 年间，前后征用的劳工近 30 万。他们无不遭受野蛮的奴役，许多人送命、伤残于筑路中。据法国方面统计，有1.2 万人为此丧命。而云南地方官员则告："据沿路所查访，此次滇越铁路劳工所毙人数，其死于瘴、于疾、于饿毙、于虐待者，实不止六七万人计。"所以被称为："血染南溪河，尸铺滇越路。千山遍白骨，万壑血泪流。"因此，当地有民谣："一根枕木一条命，一根道钉一滴血。"仅为修建跨度为 67 米的五家寨人字桥，上百吨钢铁构件，由劳工一件件拉、扛上山，两根 355 米长、5 吨重的铁链，由 200 名劳工排成数百米长的队列，肩扛背驮着蜿蜒爬行 3 天才运到工地。劳工的劳作被称为"死亡之上的舞蹈"，有 800 多人在此身亡。这座人字桥又被称为"白骨堆成的桥"。这条用中国劳工鲜血和生命筑成、由法国控制经营的滇越铁路，成为法国殖民者操纵、控制云南的工具，不仅使云南的对外交通命脉受制于外人，也加深了云南的半殖民地化。这条路，实际上就是一根插在云南身上，源源不断掠夺中国资源和财产的大吸血管。垄断、哄抬火车运价不说，据《建国前滇越铁路修建史料》，在通车的 30 年间，法国通过滇越铁路运走的云南大锡，达 23.4 万多吨，价值连城，怎能车载斗量？

碧色寨火车站，记录着一段屈辱与血泪，也记录着云南发展的历史。如同基督教骑着炮弹进入中国一样，西方近代的工业技术、贸易等，也骑着炮弹进入中国。滇越铁路是云南的

碧色寨火车站

第一条铁路，也是我国的第一条国际干线，对云南的发展变化，确实产生过不少影响。滇越铁路沿线，世居着彝族、哈尼族、瑶族等 12 个少数民族，"天末遐荒"，社会封闭与外界缺少联系，经济落后自给不足，文化单一发展滞后。不论那喘着粗气、冒着白烟疾速穿越在云南高原的钢铁怪物，那每天 40 对列车经停的碧色寨火车站，车站旁至今仍留存遗址的希腊人哥胪士（Kalos）建的供人住宿、经营西餐、贩卖洋酒的豪华酒店，美孚石油公司遗址，现已不能使用的水塔和大水龙头，仍像模像样并似乎仍回响着当年木制球拍击打球声的红土网球场，还有已经泯灭在岁月中的那些洋行、百货公司、邮政局、海关等，无不是当年云南地方官员、知识分子、士绅、民众向外看、认识世界、盱衡内外大势的一个个窗口。所以，至今还流传着的"云南十八怪"之一："火车不通国内通国外"。

因为这些外来的影响和刺激，清末民初，个旧锡矿的工商业者，拟集资兴建拥有完全自主权的个碧石民营铁路，以发展民族工商业，抵制殖民者的掠夺与盘剥。时任云南都督的蔡锷称"该绅商等倡议筹款修筑，足见关心桑梓，注意交通深切，嘉尚所话"，予以赞同支持。个碧石铁路 1915 年开工，1921 年个碧段通车，1936 年全线通车。个碧石铁路呈"T"字形，横笔两端为锡都个旧、碧色寨，竖笔下端为石屏，交接点为鸡街，全长 177 公里，为 6 寸轨距。个碧石铁路建成，碧色寨火车站成了米轨、寸轨火车交汇换装的一个车站而"繁荣"

一时。个碧石铁路不仅在个旧锡都的历史上，而且在中国民族工业史上，也留下了浓墨重彩的一笔。"对人民之生计、政府之金融财政、社会之商业交流，均与之息息相关，实不啻个旧之生命线。"

这些外来的影响和刺激，使个旧锡业有了较快的发展，碧色寨火车站及周边成为中西商业和文化的交流地，成为贸易、货物转运中心和集散地，商店、洋行林立，人头攒动，商贾云集，当时的商业繁华程度被誉为"小巴黎""小香港"。与此相关，也推动了昆明、宜良、开远等的兴起和发展，进而影响了云南近代工业、商业、贸易及社会发展的进程。正如恩格斯所言："没有哪一次巨大的历史灾难不是以历史的巨大进步为补偿的。"滇越铁路、碧色寨火车站，蚌病成珠。

碧色寨火车站，记录着一段维护正义、抵抗侵略的历史。有侵略，就有反抗；有屈辱，就有抗争。1915 年 12 月，袁世凯在"筹安会""请愿团"的帝制闹剧下粉墨登场，宣布接受帝位，取消民国，改用洪宪年号。为维护辛亥革命成果，推翻袁世凯帝制，被袁世凯羁縻的蔡锷潜出北京，辗转多地，经滇越铁路，并在碧色寨火车站躲过袁世凯势力刺杀后到达昆明，与云南都督唐继尧等，领导云南首倡反袁武装起义，发动了护国战争。驻蒙自的国民军第一师第三旅步兵第二团团长朱德，亦率官兵从碧色寨乘火车赴昆明参加护国战争。

抗日战争时期，大批内迁的企业、工厂、机关、学校人员经滇越铁路进入抗战大后方。一批来自北大、清华、南开等北方院校的灿若星辰的教授、学者，包括闻一多、朱自清、陈寅恪、冯友兰、陈岱孙、沈从文、钱穆、吴宓、郑天挺、刘文典、傅斯年、潘光旦、金岳霖等，经滇越铁路到达碧色寨，进而进入蒙自西南联大分校。至今，闻一多先生在此借居的"何妨一下楼"，仍然面向游人开放（闻居此时潜心学问，很少下楼，因郑天挺劝他"何妨一下楼呢"而得名）。战火纷飞，山河破碎，抗日不忘研究学问，研究学问不忘抗日，真正的中国知识分子那种担爱国、爱真理、爱学问于一肩的风骨，经滇越铁路，来到边远小镇，开枝散叶。

七七事变以后，云南作为抗战的大后方，滇越铁路与滇缅公路、驼峰航线一起，肩负着承运国际友好组织和人士、爱国华侨和华人、援助抗战物资的重要使命，特别是 1938 年广州及大亚湾的陷落，东南沿海被日军封锁后，滇越铁路又开行了夜间列车，成为维系国际援助抗战物资运输的大动脉、重要的后勤补给线。1938 年，货运量达到 40 万吨，1939 年，又猛增到 50 余万吨，直到 1940 年日军控制越南后，滇越铁路的抗战使命才告结束。为维持这条重要的补给线，当地军民奋起抗击日军的狂轰滥炸。据记载，抗战期间，日军战机共对滇越铁路滇段进行了近 100 次的大规模轰炸，炸毁铁路 780 多处，2000 多名当地军民死伤。仅就"人字桥"处，1940 年 3 月 1 日，日本 40 多架轰炸机投下了 700 多颗炸弹。炸弹击中列车，引起隧洞塌方。即使如此,炸了修,修了炸,铁路始终在顽强地运行,颠扑不破,颠扑不断。

20 世纪 70 年代末的对越自卫反击战,碧色寨火车站同样发挥着不可替代的作用。

江流石不转。100 多年前的碧色寨火车站,穿过世纪的血泪、风雨走到今天,在惠风和畅、天朗气清的今天,用它沉淀的历史,用运行在米轨上的旅游小火车,向观光客述说着它的前世今生,告诫人们,走得再远,走到再光辉的未来,都不能忘记来时的路……

（刊于 2020 年 5 月 11 日《人民政协报》,

2020 年 6 月 5 日《中国国门时报》转载,

收入本书时略作改动）

莫干山的烟云

浙江的地形地貌，素有"七分山一分水二分田"之说。浙江山多而高山不多，高山不多而"有仙则名"的名山较多，如普陀山、天台山、雁荡山、雪窦山、莫干山等。而莫干山与其他名山相较，不仅有景观，还有传说、有故事，还承载着中国近、现代史上若干重要片段，成为历史演进和变迁的重要节点、事件的发生地。

莫干山为天目山的余脉。相传，在春秋末年，吴王（另一说为楚王）命著名的铸剑师干将在现今为莫干山的剑池铸剑。铸剑时铁水经久不下，干将妻莫邪不解，问将如何，干将说道："昔吾师作冶，金铁之水精不销，夫妻俱入冶炉中，然后成物。"莫邪听后遂剪下头发指甲投入炉中，铁水下后始铸得雌剑莫邪、雄剑干将两剑。山以剑而得名，唯莫干山。一剑出而江湖动，则不止于莫邪、干将之剑。

莫干山因剑而得名，而景观又殊有别趣。

游览莫干山时，直道之前听到和看到的莫干山有竹、云、泉"三胜"，清、净、绿、凉"四优"，所言不虚。三月春雨，忽至忽停，氤氲烟云，忽聚忽散。大坑的林立怪石，滴翠潭的修竹撒翠，剑池的一瀑飞练，宛若世外桃源的武陵村，变幻莫测的云峰霞岭、疏烟细雨，令人目不暇接，恍如身在仙境。所以，陈毅元帅有诗赞曰："莫干好，遍地是修篁。夹道万竿成绿海，风来凤尾罗拜忙，小窗排队长。莫干好，大雾常弥天。时晴时雨浑难定，迷失楼台咫尺间。夜来喜睡酣……莫干好，雨后看堆云。片片层层铺白絮，有天无地剩空灵。数峰长短亭。"如同观景关键看点，诗词重要有眼一样，陈毅元帅的诗，一下子点出了莫干山风景的魂魄所在。真是"此中有至乐存焉"！

一座莫干山，半部民国史。

莫干山成名以降，许多朝代都有人在此隐居，许多文人墨客在此留下足迹、诗文、石刻、传说和掌故。那200多栋美观而又形态各异的别墅，更是历史化石一般的存在。同盟会元老、曾在北洋政府任高官，后任国民政府外交部部长、上海市市长的黄郛，在此置有公馆一栋，而黄郛退居莫干山后，则在被杜甫称为"庾信文章老更成，凌云健笔意纵横"的庾信生活过的庾村，进行所谓的"农村改造实验"。在实验中开展的植桐、蓄水、办学、建藏书楼、推广优良蚕种等，确实取得了一定成效。

蒋介石有三次莫干山之行。第一次是1927年年末，与宋美龄成婚后到莫干山度蜜月。第二次是1937年西安事变三个月后，蒋介石在莫干山与周恩来等进行第二次国共合作的实质性谈判，最终促进了庐山谈判后"地无分南北，人无分老幼，皆有守土抗战之责"的谈话发表。对此，周恩来称之为，"一上莫干，二至匡庐，合作之局以成"，第二次国共合作形成过程中的时间地点，莫干山侧身其间。第二次国共合作，艰苦卓绝的抗日战争，中国人民最终取得了伟大的胜利。试想，如无莫干山等会谈，第二次国共合作将会如何？抗日战争结果又会如何？历史不可假设，但历史发展过程中，确实有许多变数，有许多看似偶然，实所必然的事件发生。第三次是 1948 年 7 月，当时，解放战争的形势出现了有利于人民解放军的重大变化，蒋介石集团已呈败势，三上莫干山也不能转运了。蒋介石三次莫干山之行，不同的因，不同的果。

莫干山，新中国的建设与发展，与有荣焉。

1953 年 12 月至 1954 年 3 月，毛泽东主席在杭州主持起草中华人民共和国第一部宪法。期间，曾到莫干山调研视察。下山之后，意犹未尽，手书《七绝·莫干山》："翻身复进七人房，回首峰峦入莽苍。四十八盘才走过，风驰又已到钱塘。" 1954 年 9 月，全国人民代表大会第一次会议，审议通过《中华人民共和国宪法》，取代 1949 年 9 月中国人民政治协商会议第一次全体会议通过的、具有临时宪法作用的《共同纲领》，成为我国治国安邦的第一部根本大法。宪法的起草过程，莫干山也是其中有机的一环。

1984 年 9 月，第一次全国性的中青年经济科学工作者学术讨论会在莫干山召开。党的十一届三中全会决定将党的工作重心转移到社会主义现代化建设上来，开启了经济体制改革的新征程。几天的莫干山学术讨论会，集中了当时经济学界的中青年新锐和翘楚，以价格改革为主题，解放思想，畅所欲言，集思广益，大胆探索，形成了对改革开放、经济体制改革的智力、理论、舆论支持，被誉为"经济改革思想史的开创性事件"。站在莫干山会议旧址前，似乎能感受到当年经济改革、发展现实对经济学界"千红万紫安排著，只待新雷第一声"的期待，以及经济学界对改革开放的思想关切、理论关切。在社会改革发展的重要关头，思想解放、理论创新，俨然成为唤醒万物的一声春雷。

曲终人散，青山有证。有人说，历史就是如此，放下去尘封经年，捡起来新鲜如初。信然。

智者乐水，仁者乐山。中国历史上许多事件，似乎都离不开山。海拔并不高的莫干山，机缘巧合，风云际会，历史故事的载量不少。莫干山的云海、莫干山的历史故事，汇成了一幅大写意的莫干山烟云，尺幅千里。要知上山路，须问过来人。"游山如读书，浅深在所得。"用心于行路之中，探幽访古，回望历史，于我心有戚戚焉！

（刊于 2023 年 12 月 16 日《人民政协报》，

收入本书时略作改动）

岁月如酒

北宋人朱肱在所著《酒经》中开宗明义："酒之作尚矣，仪狄作酒醪，杜康秫酒，岂以善酿得名，盖抑始于此耶。"朱肱断言，大禹时代即有酒，杜康为历史上酿酒第一人。不论其说如何，酒在我国历史悠久，是不争的事实。有人将饮酒人的各类心境表现，在古诗词的名句中寻章摘句，一一加以对照描绘。如，

有钱人家，"兰陵美酒郁金香，玉碗盛来琥珀光"；

才子文人，"一曲新词酒一杯，去年天气旧亭台"；

深闺佳人，"东篱把酒黄昏后，有暗香盈袖"；

不得志人，"且乐生前一杯酒，何须身后千载名"；

豪爽之人，"酒酣胸胆尚开张。鬓微霜，又何妨"；

送别之际，"主人酒尽君未醉，薄暮途遥归不归"；

失恋后，"今宵酒醒何处？杨柳岸，晓风残月"；

失眠时，"新寒中酒敲窗雨，残香细袅秋情绪"。

这一搭配，惟妙惟肖，足以解颐。但我初识酒时，却全然没有可与上述对应的心境和感受。

　　不管酒如何发展变化，当初因祛病、防病而兴起是其原因之一。中医认为，"酒为百药之长"。理由是药借酒力，酒助药势。我初识酒时，确实因防寒去湿之需，当药而用，倒是体现了酒的初心和本源。

　　有言道：出外十日要想着风雨，出外百日要想着寒暑，出外千日要想着生死。40多年前在南方农村当知青，离家较远，又不知何时能离开，那是风雨、寒暑、生死都得想着的。在南方，秋声暮雨，有时老霖雨不停。春冬时节，如无阳光，室内室外，阴冷入骨。知青劳作，泥里来水里去，经常要面对湿、冷、阴、寒，身心俱疲是常态。老人们常说，劳作之余，来一两口酒，可除湿驱寒，舒筋活血，安神护体。不听老人言，吃亏在眼前。我听了当地老人的经验之谈，尝试着、努力坚持着隔三岔五晚上抿一两口，离开农村时除了腰肌劳损外没落下其他大的毛病，似乎得益于这一两口土酒的护佑。即便参横斗转、身心疲惫，就着蜡烛或小油灯看尽可能找到的书，没有虚掷时光，似乎也得益于这一两口土酒的支撑。

　　初识的酒，并非现在美酒佳酿，而是小农作坊里手工酿制的三四毛钱一斤的苞谷土酒。苞谷者，玉米也，南方多产。将苞谷蒸煮、发酵、榨取而成，是真正的原浆，但杂质多，度数高低不同，入口辣、燥、粗、陋，毫无快感。为调和酒性，改善口感，用部队的行军壶，装酒一斤半，加白砂糖半斤，每次喝前先晃荡一番，以促其融合互补。心理学家麦

酿酒师傅的质朴笑容

基说，你看到的只是你想看到的，你相信什么，才能看见什么。良药苦口，久而久之，不知是白砂糖的作用，还是心理的作用，这苞谷土酒竟逐渐有了些许平和、清冽之感。"明月一壶酒，清风万卷书。"当时月明与否无闲情涉及，万卷书也不敢奢望，夜晚时分，有一两口土酒，手执有字的书即很满足。"三杯软饱后，一枕黑甜馀。"当时不可能一饮三杯，知青生活艰苦，生产队每天全劳动力 12 个工分，值 1 毛 1 分钱，年终分红，平时没有多少余钱买酒，再说酒量也浅，两口也就软饱啦！静思往事，如在眼前。现想起来，当时我们那些男知青，一行军壶土酒几乎成了标配，但基本当"药"使用，偶尔开怀一下，也不及量。知青房间，家徒四壁，一壶土酒明晃晃地挂在床头，格外醒目。一壶酒本来可以对付月余，农民兄弟、知青伙伴串门时来上几口，所剩就不多了。自己喝时，还是且喝且珍惜的。所以，那时还不知醉为何事。

黄苗子先生有言，酒虽小道，却和世情有关。知青经历不可再来，也不能再来，但知青经历确实是我们这一代人独有的历练。自在不成人，成人不自在。人间天上，要好便多磨。知青经历中的那一味苞谷土酒并不重要，重要的是酒中积淀的三山五岳。那一味苞谷土酒，浸泡着生活的不易和艰辛，伴随着岁月的砥砺和磨炼，孕育着对未来的向往和追求，也沉积着对人生未来挑战的不懈与坚韧。有那一味充满了知青岁月酸甜苦辣、五味杂陈的苞谷土酒垫底，对离开农村以后的学习、工作、生活，就有了底气，就有了任事的底子。如同京剧《红灯记》中李玉和的一句唱词：临行喝妈一碗酒，浑身是胆雄赳赳。岁月如酒，经苦涩而知甘醇的美好，历坎坷而知坦途的不易。酒如岁月，事物都有两面，酒亦如此。"物无美恶，过则成灾"，"惟酒无量，不及乱"。酒既可作药引，亦宜佐兴致、调气氛、增友谊。拍浮酒池，病酒不断，酗放自肆，或伤及国帑公藏，则是其异化了。古人早已有言："虽可忘忧，然能作疾。"今人也有言："无逾越，有愉悦；有逾越，无愉悦。"信然。谨记。

（刊于 2018 年 8 月 11 日《人民政协报》）

备考在放羊中　　录取在修车时

40 年过去了，回首 1975 年 9 月下乡当知青，1977 年 12 月参加高考，1978 年元月当汽车修理工，2 月底拿到大学录取通知书，3 个多月内由知青而工人，由工人而大学生的人生经历，命运造化，跌宕起伏，峰回路转，仍然那么清晰，不能忘怀……

1975 年高中毕业，18 岁的我即抱着"广阔天地，大有作为"的豪情，扛着行李，成为"走与贫下中农相结合的道路""扎根农村干革命"的千千万万知识青年中的一员，下乡插队落户当知青了。从此与特殊年代的一个特殊名词——"知青"，结下了不解之缘。

我插队落户的生产队挂在半山腰上，可与县城遥遥相望，因山高沟深而不通公路，不通电。30 多户人家的小山村，有一个一间昏暗教室、一个代课老师、几个年级混在一起上课的村小。如仅是路过，山村有茂林修竹，潺潺流水，梯田蛙鸣，很有一些田园牧歌的气象。但身在其中，周而复始的春耕、夏种、秋收、冬藏，原始的耕作方式，承袭下来若干年的粗放生产，许多时候日不出已作、日已落而不息的劳作，一个全劳动力每天 12 个工分，值 0.11 元人民币，人口多点的家庭，年底分红时还会有倒挂（欠生产队的钱）的现象，此难以有所改变的现实，不断消磨着几个知青对刚下乡时的豪情。

日复日，月复月，年复年，简单重复、吃力繁重的劳作，心里有了四盼。一是盼有时间、有书可看。收工吃完晚饭以后，虽然肢体很累，但想看点书的精神追求还是有的。为抵御蚊虫肆虐、终风苦雨，躲进蚊帐里，将衣服被子裹成一筒，点亮插在玻璃罐头瓶里的蜡烛，抓起能找到的书或有文字的东西看。特别是收到半个多月一次乡邮递员路过时留下的过期报纸和《诗刊》等刊物，那就是文化大餐了。鲁迅先生曾写过这样的诗句："躲进小楼成一统，管他冬夏与春秋。"我们则是"钻进蚊帐裹一筒，熬过冬夏与春秋"。二是盼放假赶街子。除抢种抢收时节之外，10天左右有一个有点"资本主义的尾巴"味道的街子天（北方叫赶集）。街子天时，县城附近的山村村民带上积攒的鸡蛋、山货或一挑木柴到县城出售，换回生活所需的盐、布、煤油等。而我们知青，则利用这个机会到县城的工农兵食堂打一次牙祭，改善一些少油缺肉的茹素生活。三是盼看电影。在山上，傍晚可以看到县城放露天电影时挂出的白色幕布，夜晚可以看到稀落的灯火。即使当时放的电影被戏称为"中国是新闻简报、朝鲜是哭哭笑笑、越南是飞机大炮、阿尔巴尼亚是搂搂抱抱"，只要看到白色幕布挂出，只要收工后时间还来得及，我们放下劳动工具、胡乱填补点东西后就往县城赶，以调剂一下枯燥单一的生活。当然，看场电影的成本很高，下山、过河、再爬坡上坎，单程 1 个多小时的山路，看场电影来回 4 个多小时，就这样还乐此不疲。如天气好时，月光如水、星斗满天，几个年轻人走在山间小道上，有说有笑，追逐打闹，还觉得很惬意。四是盼着早点离开农村。特别是当知青年满两年以后，盼着早点被推荐为工农兵大学生去上学，或盼着招工、参军。苦闷、彷徨中那么一点点的希望，渺茫且遥不可及。但表面上还要表现出扎根农村的样子，对当知青没有怨言，心底里却巴不得早点离开。说来很惭愧，真不厚道，但确实是当时的真实。

1977 年 10 月下旬，在昏暗的烛光下看到了《人民日报》刊发的全国即将恢复高考的消息，消息中特别说到工人、农民、上山下乡和回乡知青、复员军人、干部和应届高中毕业生都可报名参加高考，而且年龄放宽至 30 岁左右，婚否不限，自愿报名，统一考试。翘首期待良久，当工农兵大学生、参军或招工而不可得，骤然间却是天大的喜讯降临，惊喜莫名，用现在的网络语言讲，那真是"喜大普奔"啊！现在回过头来看，都说 1977 年恢复高考改变了一代人的命运，而这一代人又影响了中国社会的进程，这个判断没错。而我认为，其关键在于分数面前人人平等，"有教无类""英雄不问出处"。不论你什么社会身份、什么经历，只要成绩合格，就有接受高等教育的机会，高等教育向成绩合格者敞开大门，拥抱十年沉淀下来的莘莘学子；其核心意义在于，以高考制度改革这一深得民

宣传"扎根农村"的黑板报

心的举措为先导，推动了经济、政治体制等各项改革措施的相继出台。高考制度改革，是十一届三中全会以后我们党和国家一系列重大改革的探路者、试水者，不仅功在当时，而且惠及今日。

　　喜出望外之余，接踵而来的是如何面对高考，"我行吗""来得及吗""我怎么办"等不安与烦恼。"每临大事有静气""骤然临之而不惊"，还真不好做到。

　　冬季在南方农村没有"猫冬"之说，送公粮到县城入库、兴修水利、平整田地、积肥等劳作依然没完没了。委实放不下的上大学的想法，促使我厚着脸皮向生产队请了10天假回家找书备考。路上来回 4 天，6 天时间找书，请教母校——地区一中的老师如何复习，找同学交流备考措施，然后抱着一堆书回到生产队。回到生产队后，我做了一个有助于改变命运的决定，申请作为生产队的羊倌去放羊。当时生产队有大大小小 60 多只山羊，需要一人每天早晨将它们赶到山上，傍晚再如数赶回入栏。这个活太孤单，许多人不愿干。田间地头的劳动工具不离手，中间休息一会也是吸草烟、吃干粮的时间，无暇看书复习。放羊则不同，虽然一天爬不少山路，但一个人、一群羊，有若干个时间片段可以看书。因为羊吃草时，一般随着领头羊顺着走，如前面没人吆喝或没有不能逾越的障碍，就直行下去。将羊从山这边赶进去，绕到山另一侧等着，就有一段时间看书了。一把砍柴刀、一个装书的军挎包、一群羊，饿了吃点干粮，渴了有山泉水，一个月左右的放羊经历，让我获得了除挑灯夜学之外的不少复习时间。这就是我的备考，备考在放羊中。1977 年 12 月 9 日，我交出羊群，赶到县城，参加 10 日开始的高考，成为是年 570 万考生中的一员。这一"交"一"赶"，便开启了我新的人生经历，若干年后，我曾对人戏说，我的大学录取通知书是放羊放出来的，我之后的经历和生活，是放羊打下的基础。

　　几乎在复习、参加高考的同时，招兵、招工也开始了。20 岁的年龄，当兵晚了些，加之从小就生活在军营里，对部队有"曾经沧海难为水"的熟悉，没了新鲜感，所以报名参加招工。高考成绩如何，能否如愿以偿，实在没底。那个时候没有"底线思维"这一说，只觉得能离开农村，当上到点上下班、听钟声吃饭、每月盖章领工资的工人就相当不错了。因此，经生产队推荐，大队、公社、县知青办分别考察、鉴定、审批，几道关下来，1977 年 12 月下旬，我被招工录用进地区粮食局汽车队当修理工。几天之间，收拾行李，将按工分分给自己的谷子、玉米按规定卖到县城粮库以后，用卖粮的钱买张公共汽车票离开生活了两年多的农村回家了，1978 年元旦后正式上班，成为工人阶级队伍中的一员。虽然学徒工的工资每月只有十几元，但与知青生活真不可同日而语。不过工作、生活好则好矣，难以对人言说的问题是对上大学的期盼，真是煎熬啊。在期盼、煎熬，甚至已有一些失望的情绪中，我开始学习修车。从擦洗发动机、卸装轮胎等开始，还不时参加清理"三种人"的会议。日思夜盼中，喜讯终于降临，1978 年 2 月 28 日得到通知，到地区招办领取大学入学通知书，并在地区一中的大学录取喜讯榜上看到了自己的名字。这就是我的录取，录取在修车时。就这样，我有幸成为了 77 级全国 27 万多大学生中的一员。喜悦的心情，同"范进中举"一样，但结局不同。命运的改变，从此开始。

短短的 3 个多月时间，工农兵学商五种社会身份，我一下子就转换了三种。如此具有戏剧性，除了那个特殊年代，除了我们那个特殊群体，恐怕难得再有了。人生的每个片段总是有内在联系的，前一段是后一段的沉淀和积累，后一段是前一段的延续和发展。人生如戏，总是一幕接一幕地演绎下去，无非有的幕长、戏份重，有的幕短、戏份轻而已。常言道：临事是苦，回想是乐。四十年了，回想当时，真真是苦乐自知。"失之东隅，收之桑榆"，人生总与得失相伴。知青的经历是得是失，很难简单肯定或否定，但事不避难、义不逃责，确实是那时打下的基础。知青经历于我来讲，是一份不愿再重复而又宝贵的历练和财富，历久如新。

（刊于 2017 年 12 月 25 日《人民政协报》，后被收入
2018 年纪念《人民政协报》创刊三十五周年副刊文集
《笔墨华夏》一书，收入本书时略作改动）

那远去的绿皮火车

人生的历程中，总有一些事，不因岁月的流逝而泯灭，反而虽然远去，仍然挥之不去，即之也温，成为人生某个阶段的一段特殊记忆。于我而言，回溯时间轴，这段特殊的记忆就是上个世纪 70 年代末、80 年代初求学和返家路上的绿皮火车。

1978 年初，有幸成为恢复高考后进入大学读书的莘莘学子中的一员，由此，开始了乘火车由昆明到成都负笈求学的历程。大学 4 年，8 个寒暑假，开学、放假回家，在成昆线上乘火车 17 次。单向每次如不晚点需整整 24 个小时，那时火车晚点是常态，晚点几个小时并不鲜见。17 次就是 17 天，就是 408 个小时。穷学生，买不到也买不起卧铺票，多数是坐票，部分是站票。一年 365 天，4 年共 1460 天，其中有 17 天是在火车上或坐或站度过的。一天 24 小时，一年 8760 个小时，4 年共 35040 个小时，其中有 408 个小时是在火车上或坐或站度过的。17 天与 1460 天，408 个小时与 35040 个小时相较，似乎微不足道。几十年过去了，虽往返坐或站度过的艰辛已经淡忘，一些经岁月沉淀下来的感受，吉光片羽，仍留在记忆中，并不时地翻上心头。

都说最美的风景在求学的路上，这对现在的一些学生来讲，未必皆如此，而对我们那一代人来讲，有大学上可是满心欢喜。那远去的绿皮火车，承载着终于获得学习机会的学子们向学、向上的执着与追求。刚刚洗去脸庞、脚杆上泥土的所谓"知识青年"，特别是我们这一类"文化大革命"期间的高中毕业生，知识结构、知识储备十分粗陋。转身成为新一代大学生，社会身份转变确实不小，但这个转变仅仅是开始，只是一个台阶，远没有转成。给了学习的机会，还得看能不能抓住、能不能抓好。当时，广泛传诵着叶剑英元帅作于 1962 年的《攻关》诗："攻城不怕坚，攻书莫畏难，科学有险阻，苦战能过关。"诵读这首诗，既是对向学的鼓励，也是对向学精神的写照。

"文化大革命"后恢复考试入学的第一批大学生，在 570 万考生中最终录取 27 万，录取率为 4.7%。27 万人中，年龄跨度、社会身份、受教育程度差距较大，但十分珍惜难得的学习机会，则是一致的。称其为如饥似渴学习的一代大学生，毫不为过。火车上往返学校和家的时间，耗时长，还经常晚点，一旦有座位坐下来，不管是忽明忽暗的光线，不管是熙来攘往、上上下下的旅客，不管是塞在行李架上、通道上的行李、背篓、竹筐，看书，不仅是学习之所需，也是打发这难熬时光的良方。但能心静即身凉，真有点达致昧于周遭，一心只读圣贤书，不管身边过客的味道。可以这么说，我乘火车往返学校和家的时间，约 1/3 是在读书中度过的，而且，多数在读未断句的古文、枯燥的史料。因为读这些书，要心无旁骛，特别是不断句的古文，一走神就读不成句了，不用心就读非所读了。我所乘坐往返学校和家的绿皮火车，实际成了我课堂和图书馆的延续。

火车穿行在横断山脉中，车窗外山连着山，水连着水，山水相连，隧道接着隧道，桥涵连着桥涵，色彩单调，画面重复，想心有旁骛而实际也无多少可供旁骛，真不如把注意力放在书中时间消磨得快些。所以，时至今日，我仍有一习惯，出差或外出时，总要带上一两本纸质书或电子书。时至今日，在家中舒适的书房里，半卷闲书，一壶老茶，往往还会回放当年在绿皮火车上读书的情形，使得有时，既浮游于书中，又浮游于书外，移情入过往而心与之接。

都说事非经过不知难，艰难困苦，玉汝于成，许多事情，确实如此。成昆铁路于 1958 年 7 月开工建设后不久停工，1964 年复工，1970 年 7 月 1 日竣工通车。成昆铁路北起成都，南至昆明，由海拔 300 至 500 米的川西平原，在横断山脉中一路攀升到海拔 1900 米左右的滇中高原，是全长 1096 公里的国家级单线电气化铁路。成昆铁路有约 1/3 穿行在横断山脉中。横断山脉为中国地势第一级阶梯与第二级阶梯的交界，褶皱紧密、断层成束、奇峰耸立、深渊密布、水系繁多，因地质状况复杂，地震、山体滑塌频仍。成昆铁路创造了当时世界铁路建设史上的奇迹，被联合国誉为与美国阿波罗带回的月球岩石、苏联第一颗人造卫星一起，"象征 20 世纪人类征服自然的三大奇迹"。正因为艰难险峻，在成昆铁路沿线，可以看到不少的陵园。据说，为修建成昆铁路，牺牲达 700 多人，按此计算，每 3 公里约有 2 名建设者为此捐躯。作为西南地区的铁路干线，成昆铁路可以说是筑路工人用鲜血和生命铺就的。1981 年 7 月，由于泥石流，致使由格里坪开往成都一列火车发生坠桥事故，造成 200 多人死亡或失踪。用鲜血和生命铺就的路，有时也要用鲜血和生命去走过。

　　行走在成昆铁路线上，既惜日之短，亦愁夜之长。景外之景，象外之象，时空在交替，注意力会转移，思维会变化。

绿皮火车

现实与抽象，物质与精神，感受与感染，一会儿相互叠加又相互交替，一会儿相互影响又相互分离，情生于景而超乎景。成昆铁路沿途站点，多在集中连片贫困地区，火车窗内窗外，都是那个年代物资匮乏，许多人难以温饱的现实写照。国家正在拨乱反正，百废待兴，改革开放刚刚蹒跚起步。那时，经过十年动乱后人们对美好生活的向往，如大旱之望云霓；那时，许多事情，不正如成昆铁路一样，逢山开路，遇水搭桥，闯关夺隘，充满着筚路蓝缕的艰辛与牺牲；那时，心向美好，各美其美，美人之美，美美与共的愿景与追求，是律动十分强烈的主旋律。美好的向往与艰难的起步，发展的远景与暗中涌动的种种暗流与羁绊，与成昆铁路线上火车从一个隧道出来，经过短短的一座桥涵又进入另一个隧道，一会儿憋闷，一会儿敞开的声响、光线和场景，自然现象与社会现实感，是如此的缠绵与契合。主体与客体、社会与自然，如万花筒一般，剪不断，理还乱。但有一点是肯定无疑的，那就是，求学路上乘坐的绿皮火车，确实是改变命运的火车。而我们国家，在上个世纪70年代末、80年代初，也正好启动了改变国家、民族命运的火车。没有改变国家、民族命运的火车，哪来改变个人命运的火车。

　　向往和牵挂，是一种真情和心境。有了向往，追求就多了一份力量；有了牵挂，亲情就多了一份温馨。往是上学，是追求，返是回家，是牵挂。山隔千重，水过百渡。在火车上读书疲惫之余，思接窗外之余，在夜幕降临睡意袭来之余，一路摇晃和杂响的火车，摇晃似乎要将你推入朦胧、失意和睡眠，杂响又似乎要将你拉回。在这一推一拉之中，山一程，水一程，一座座山峦、一条条山涧、一个个小站被抛向身后，一批批过客在身边上下，在错位、换位。人虽可老，来者无穷。航空、高铁的发展，信息技术的日新月异，让出行便捷、世界变小、阅读方便。"坐地日行八万里，巡天遥看一千河"（毛泽东诗句），由诗人的想象变成了现实。读万卷书、行万里路，"游子久不归，不识陌与阡"（曹植诗句），已被视频技术轻松化解。既可虽远在天涯，却如在眼前，也可身未动，心已远。现在北京工作生活，再回昆明就更远了，但乘飞机可午发而夕至，已开通的高铁，也可夕发而朝至。现在，回昆明和回北京，上飞机就有了很快要到达目的地的感觉，全然没有了闲暇去体味回家的牵挂和温馨，离家的不舍和黯然。不知为何，一程下来，真正觉得是少了点什么。快捷当然是好事，但快则快矣，有时快了，少了些周折，少了些体悟，也就容易乏味了。

哥伦比亚作家、《百年孤独》作者加西亚·马尔克斯写过一段话，生活不是我们活过的日子，而是我们记住的日子，我们为了讲述而在记忆中重现的日子。现在，看到绿皮火车的机会不多了，乘坐更是少之又少。绿皮火车本身不一定重要，附着于它身上的那一段历史，那一段记忆才是十分重要的。那

17 趟乘坐的经历与感受，不论日月，它都在那里，岁月虽邈，常忆常新。

（刊于 2020 年 4 月 25 日《人民政协报》，

收入本书时略作改动）

难忘的 57 号寝室

　　大学毕业离开学校 40 多年了，同学相见回忆校园生活时，一个绕不开的话题就是 57 号寝室。

　　四川大学历史系七七级，80 名同学分成一、二两个班。57 号寝室开始安排一班的 8 位同学，后又增加两人，共 10 人。因室友构成的特点和故事、逸闻趣事较多，57 号寝室几乎成为一班的代名词了。

　　1978 年的春天，迎着改变人生轨迹的春风步入大学校园。那时的大学生活既丰富而又简单。说丰富，是可以自由地畅游在曾经渴望而不能及的知识海洋里。说简单，是每天的生活基本上就是教室、图书馆、运动场、食堂和寝室五点一线。而寝室是连起各点的重要支点。入校后即入住学生宿舍四舍 57 号寝室，不久因四舍年代太久而改建，曾搬离一段后再回归。回归后寝室的序号有了变化，但 57 号寝室的称呼，在同学口中一直没变，直至今日。

　　57 号寝室的 10 位室友，职业门类全，年龄跨度大。从身份看，10 位室友中，入学前有现役军人、转业军人、工人、教师、插队落户的知青、应届高中毕业生。工农兵学商五行，前四行都有，基本囊括当年的社会阶层结构。从年龄看，跨度从 30 多岁到 20 岁出头儿，再到近 20 岁的，相差几近一轮。30 来岁的室友，拉家带口，与上小学的女儿通信时，女儿还要同老父亲共勉，"好好学习，天天向上"。而其中一位室友，还在大学期间喜得贵子。

从在校四年的学习生活情况看，10 位室友中，有校、系学生会负责人，系、班团组织负责人，本班班长和班委会成员、课代表，还有校足球队、排球队和桥牌队队员等。联想到室友们大学毕业后的人生轨迹，可以说是当时无"白丁"，后来有"鸿儒"。

从毕业后从事的工作看，大致体现了七七级毕业生的事业版图。有到学校当老师的，有继续深造考研究生后从事学术研究或教学工作的，有到党政机关工作的，也有下海经商办企业的。而出国留学的室友，有回国效力的也有暂不回国的。五湖四海，开枝散叶，动如参商。

57 号寝室是教室、图书馆之外另类的教室和图书馆。民间有俗语言，读万卷书，不如行万里路；行万里路，不如阅人无数；阅人无数，不如名师指路；名师指路，不如自己去悟。民间的话，未必句句在理，这段话，如将"不如"改为"还要"，就在理了。周恩来总理在中学时代撰联自勉曰："与有肝胆人共事，从无字句处读书"。充分说明，近朱者赤，近墨者黑，既要读有字之书，也要读无字之书的道理。

大学的学习，除了教学相长，还有室舍相济。七七级学生，如同海绵吸水般地对知识有无限渴望，不仅体现在教室、图书馆，也体现在其他许多方面。世事洞明皆学问，人情练达即文章。十室之邑，必有忠良；一室之内，如沐春风。10位室友，年龄较为悬殊，经历各有不同。"老三届"的室友深沉厚重，几年、十几年身被其尘、足沾其泥的基层、社会生活经历及观察、体验所得，本身就是一笔宝贵财富。他们善读书，把历史读活，喜欢研究问题，眼界开阔，视野开放，所见者真，所知者深。于涉世不深者，亦师亦友。

晚间宿舍里海阔天空的"卧谈"，是读无字书，上社会课。从恢复高考这一教育领域率先开始的拨乱反正，到其他领域改革措施的推出；从包产到户、个体经营，到小商品经济；从足球世界杯、亚洲排球锦标赛，到体育强则国强，冲出亚洲、走向世界，振兴中华，等等。往往夜阑仍方兴未艾。高谈阔论、浅吟低唱，嬉笑怒骂、挥斥方遒，"淡语皆有味，浅语皆有致"。有的时候，课堂里所讲的知识点，在"卧谈"中又生发开去，再扩展，再升华。有时真的是"片言可以明百意，坐驰可以役万景"。不同的经历，年长的室在谈人情世故时不经意间的真情流露、人生感悟，跌宕起伏时如何平复心态，等等，对稍许年轻的室友，无疑是言传身教。

室友构成之多元，谈论话题之广泛，传递信息之丰富，57号寝室，我将之当作第二教室，每晚的"卧谈"，我将之当作上小课。

57号寝室是一个充满快乐、友爱的地方。大学生活，简而言之，教室是用耳朵多的地方，图书馆是用眼睛多的地方，食堂是必须去而用时不多的地方，运动场是出汗的地方，而寝室则是话题多的地方。教室、图书馆，所听、所看的成果，落实在笔记本里，融化在脑海里。寝室里话题多的结果，留在了见识里，留在了笑声里，也形成了57号寝室的言语风格——幽默。从历史的故纸堆里、从现实社会桩桩件件的事情里跳出来，在闲谈或争论中，不时正话反说，反话正说，严肃的话题轻松地说，轻松的话题故作严肃正经八百地说。说得别人笑自己不笑，说得别的寝室的同学云里雾里，不知哪句是真，哪句是假，而57号寝室的室友则会心一笑，心领神会。

20世纪70年代末、80年代初，大学生有丰富愉悦的精神生活，而物质生活则相对单一清贫些。57号寝室除幽默这一调剂良方外，还有小餐叙。10位室友中有几位家在成都，并带薪上学。他们每月三四十元工薪，应对每月十四、五元的学校伙食费已绰绰有余了。年轻的室友则不然，靠家里支持或助学金完成学业，每天不到五毛钱的伙食费，现在不可想象，当时也不能算宽裕。中午近12点、下午近6点的饥饿感，是普遍的。现在已成史学大师、功成名就、著述几近等身的一位室友，当年就常在57号寝室里，声情并茂的吟哦："回锅肉啊！我心中的肉！"因此，带薪学习并独立成家的成都室友，每学期总有几次，在周末时邀约大家到家中打牙祭。即使主菜就是大棒骨炖萝卜，也吃得酣畅淋漓，只叹美味不可多得呀！其实，那何止是美味，更是一份纯真友爱的同学情谊。

因缘际会。全国政协十二届委员会 2200 多名政协委员中，57 号寝室 10 位室友，有 3 人位列其中。这也成为后 57 号寝室的一段佳话。

"公道世间唯白发，贵人头上不曾饶。"岁月流转，年华暗换，青春已成记忆。57 号寝室的那段岁月，将永留心中，在 57 号寝室所浸染的那一份人生底色，依然有一抹亮光！依然是那段历史一个情感的结。

（刊于 2022 年 10 月 29 日《人民政协报》，

收入本书时略作改动）

记忆别裁

　　30 年前的大学生活，像一坛陈酿，偶尔打开，摩挲着老照片，伴随着"眼前的事记不大清，过去的事还挺明白"的中老年人心态，浅尝低吟，或醇厚、辛辣，或隽永、青涩，五味杂陈，使我醺醺然。

　　2012 年 2 月，是毕业离校 30 周年的日子。错过春节初五同学毕业 30 周年聚会后，择日到成都，与部分在蓉同学一聚，历史系教室、图书馆、57 号寝室、运动场、郊外踏青寻秋，30 年前同学的欢声笑语，在酒酣耳热中闪回、穿越。心醉伴酒醉，酒醉催心醉，夜半而席散。喧嚣过后，当动笔将记忆变成文字时，一时竟无从下笔，颠来倒去，为避免"世界大同"，对大学 4 年多彩的记忆，弱水三千，我独取一瓢，只表校排球队一段，是为别裁。

误打误撞进了校排球队

　　入校不久的一天下午，从教室回寝室路经运动场，以系为单位的排球赛正在进行中。七七级作为"文化大革命"后第一批考试入学的学生，当时在校就读的还有七四、七五、七六等届"工农兵大学生"。作为历史系一年级新生，系排球队轮不到我，况且我也没有"露一手"。驻足一看，历史系队输得有些不堪，按捺不住了，遂对督战的辅导员说，我上去试试。运动衣也没换，撸起袖子就上场了。比赛结果没有改变，孔夫子搬家尽是书（输），但我打得有板有眼，将少年体校练过的底子展示了一番。比赛结束后，拎起书包准备回寝室，一位老师走过来说，明天你到校排球队来，参加课余训练。我有些不知所以，没有接话，晕着就走了。

事后知道，这位老师是川大男排教练肖学渊老师。我原以为肖老师是随意一说，或者也就是现在所说的"海选"，认为自己不大可能进入校队，所以第二天没有按要求到排球队报到。之后几天，又在路经运动场时被肖老师逮到，就这样误打误撞进了校排球队，穿上校队衣服。不久，还成了主力二传手，直到毕业离校。

那时的大学生，充满了对知识孜孜不倦的追求，对理想无限美好的憧憬。每个同学都十分珍惜来之不易的学习机会，说是惜时如金，一点也不过分。大学四年，在紧张的学习之余，将课余时间交给了排球，不仅见识了很多书本、教室之外的东西，有了竞争、拼搏意识的历练，同时也给大学生活打开了另一扇窗，给单一的生活抹上了一道亮色。并且，以学习为主，兼及体育，亦合张弛之道。

谁说"好男不跟女斗"

课余训练期间，也许是为了检验训练成果，也许是为了调动大家的积极性，也许还有其他考虑，肖老师时常联系让我们同四川省女排或成都市女排比赛。比赛有时在女排的专业训练馆，更多时候是在川大的室外球场。

都说"好男不跟女斗"，而男大学生同专业女排的靓女们斗，看点是很多的哦。自然，在川大比赛时，观战的男女同学尤其多了。比赛时将网高由男子用的 2.43 米降到女子用的 2.24 米，对我们来说好打多了。特别是同女排的靓女们打，又有那么多的男女同学观战，肾上腺素狂飙，人人兴奋得像打了鸡血一样。主力队员在场上充分表演，展现出良好的技术和战术组合，如直接将对方的进攻拦死、漂亮的鱼跃救球、四两拨千斤的吊球、复杂的技术组合最后一锤定音，等等。男女搭配，干活不累，真理啊！

事后知道，同女排比赛，我们 12 名队员心怀各异。比如，主力队员希望不被换下场，而且不论输赢，最好打出高分、打满五局。有的队员希望出现有争议判罚，借机同对方队员搭讪，打嘴仗。有的队员希望演一出球往女同学集中的地方飞去，自己纵身一跃，在"花丛"中将球救回的惊喜戏。遗憾呐，事先没有沟通，没人做局，没机会演出。替补队员没有上场表现的机会，着急啊，正应了电影《南征北战》里的一句话："看别人打仗比什么都难受。"有人坦白，都有希望场上主力队员受伤，换我上去的歹毒之心。

同专业女排比赛多次，没有留下佳话，更没有传出绯闻，倒是留下了一些赢了正常、输了丢人的谈资。

寝室里的地下加餐

集中训练迎接各类正式比赛，是我们队员及寝室里几个同学比较期盼的事，因为有"伙食"了。球队训练后管晚饭，而且油水较大又不用交钱。

上个世纪 70 年代末 80 年代初，国家百废待兴，人们生活水平较低。那时规定，参加工作 5 年以上者可以带薪学习，而带薪学习的同学多数拉家带口。我们刚洗脚上田的知青和其他应届毕业生的读书费用，靠家里资助或靠助学金，一般每月有 15 元左右的生活费，不能经常吃肉，尤其是不能尽情地吃肉，真是符合多素食、少荤腥的要求。偶尔周末溜到校门外的面馆里，来一大碗肉臊面，已感叹"美味不可多得"了。而今已成为著名学者的一位同学，当年多次在寝室里声情并茂地吟哦："回锅肉啊，我心中的肉！"有组织上安排的晚饭，队员们从心里往外冒着喜气。训练一结束，洗完澡，拎起饭盒就往食堂冲。饭饱汤足之后，再将残羹冷炙扫荡回来，寝室几个同学偷偷点上煤油炉，或加上面条，或加点青菜，来个大杂烩，加一顿餐。小锅咕嘟着，红油翻滚着，就着热乎劲吃下去。正惬意地摸摸肚子，不知谁嘟囔了一句，"再有点小酒就更好了"，咣当一下，又回到现实中，抓紧收拾，不留痕迹，偷偷一乐，上自习去也！现在已人前富贵、功成名就的同学，当年多不是"完人"，也难免小小的违规，如在寝室私用煤油炉等，只要无伤大雅，不要出格，都属正常。谁没有年轻过呢？我想，说说当年的"糗事"，各位同学只要不"装"，都是可以抖搂出来一些的。

当时，学校生活比较清苦，但清苦并快乐着；学习压力较大，但压力大并享受着；排球队训练任务重，任务重并积极参与着。幸福指数低未必不好，指数低了容易满足，给点阳光就灿烂。管晚饭要训练，不管晚饭也要训练。寝室里没有地下加餐是欢快的，有地下加餐更欢快。

缺失的记录

1980 年暑期，川大男排以四川省第一名身份到大连海运学院，参加全国大学生"三好杯"排球赛大连赛区预赛。比赛跌宕起伏，一波三折，我们最终以赛区第二名出线，到青岛海洋大学参加决赛。最终川大男排排在复旦大学、北京大学、华南理工学院之后，位列全国第四名，创川大球类项目全国比赛最好成绩。遗憾的是，一同参赛的重庆大学女子排球队，没有在大连赛区出线。

打小就对北京、对天安门广场充满了向往，到大连、青岛比赛，使我第一次有机会到了北京，而且第一次见到大海、第一次乘坐渡轮，兴奋呐。十几个人只有一台海鸥牌相机，在天安门、故宫、海边、旅顺港、海轮上一通狂拍。现在翻看那两寸见方的黑白照片，特别是在天安门广场的合影，回想第一次到天安门广场的情景，对照毕业后分配到北京，工作单位和家就在中南海附近，晨练、晚饭后散步就到天安门广场的情景；回想当年还算矫健的身手，现在挺着中部崛起的身躯、顶着"一穷二白"的头发，感慨时间造化，别有一番滋味在心头。

决赛获得第四名之后，发了一枚铜牌，一个搪瓷杯，杯上印着"全国大学生'三好杯'排球比赛决赛纪念"，铜牌至今保存，搪瓷杯送给了当时的女朋友、现在的夫人。而今人没变，杯却不知所终。另外，从海边带回几个贝壳、海螺，送给同学，以为纪念。

比赛回到学校后，还真风光了一会儿。校长康乃尔接见、合影、宴请，在全校运动会上进行表彰，不仅精神褒奖，还有物质奖励，每个队员获赠一套当时较为高档的"梅花"牌运动服以及一点奖金。我第二年忝列"成都市新长征突击手"，不知是否与参赛有关。但后来确实听说，毕业时将我向招收单位推荐、介绍的材料中还有一句话，作为川大男排的主力队员，为学校争得了荣誉。逝水流年，时过境迁，浏览学校百年校庆画册时无意发现，在介绍川大文艺体育活动的篇章中，对在省内比赛的其他球类的成绩有记载，却对男排获全国大学生赛第四名一事，不着一字，不知何故。也许，历史就是选择性记忆。如同我的上述文字，也是选择性的。但不论如何选择，不变的一句话是：30 年前的大学生活，真好！

（本文为 2012 年为四川大学历史系七七级毕业
30 周年所写，编入《逝者如斯——四川大学
历史系七七级毕业 30 载》一书，
收入本书时略作改动）

三、心生言出

那一碗缠绕着思乡的米线

视频过年

又到菌子飘香时

火塘边的那一盅烤茶

在茶香中荡漾开去

普洱茶的烟火味

老年唯自适

身未动，心已远

窗外的布谷鸟声

一切景语皆情语

愿书香常伴左右

读书养心

规则左右着结果发展的路径

卡塔尔世界杯是场大戏

那一碗缠绕着思乡的米线

如果将家乡这个概念具体化，除了亲情之外，有些人或许从传统文化、佳山胜水、风土人情的角度去描述。而我，更多地认为，是年幼时代形成的味蕾记忆。

很喜欢宋代诗人陆游《初冬绝句》"鲈肥菰脆调羹美，荞熟油新作饼香。自古达人轻富贵，倒缘乡味忆回乡"中的后两句。也能体会有人讲述的这么一段话的含义：吃本身并不一定重要，附着于那一味之上的记忆才重要。味觉是一把神秘的钥匙，一不小心就开启了一扇通往过去的门。回味就是回忆。

民以食为天。将回味与回忆联系在一起，确实道出了游子思乡的个中三昧。

我已驾鹤西去的老父亲，当年，作为刘邓大军中的一名战士，参与淮海战役胜利后即一路向南，云南解放后留在云南，直至离休。所以，我在填写履历表时，籍贯填的是山西，出生地填的是云南。我这个履历表中的山西人，多次去过山西，也回过长治老家两次。而我女儿，填表时也填籍贯山西，出生地云南，但至今没回过老家。对我和女儿来讲，虽然在北京生活的时间最长，但从心里，一直将云南——彩云之南，作为家乡。

而家乡在我思绪中，有时翻滚着亲情、友情，有的时候，就简化成一碗米线的味道。

米线在云南，既可登大雅之堂，作宴客之用，如"过桥米线"，亦可"飞入寻常百姓家"，成为一道家居和至爱亲朋聚会时常享用的主食或配菜、小吃，如小锅米线、凉拌米线等。"过桥米线"承载着历史文化和仪式感，日常家居的小锅米线、凉拌米线则演绎着随心恣意和酣畅淋漓。米线在云南，既可高大上，亦可小确幸。既可端庄如仪，亦可随喜随缘。在街头巷间、日常家居，民间对吃米线不叫吃，叫"甩一碗米线"。一个"甩"字，将悠长的米线入口的晃晃悠悠及声响，表现得如此生猛，象形象声。

从蒙自这一历史古城走向云岭城乡、三迤大地的米线，用大米加工压制而成，因工艺不同，有粗米线、细米线之分，有稍做发酵的酸浆米线和不发酵的干浆米线之分。因储存、运输需要，有新鲜米线、除湿的干米线之分。因烹饪方式和个人口味习惯，有过桥米线、小锅米线、凉拌米线、鸡汤米线、稀豆粉米线之分。米线吃法，花样繁多，吃什么、如何吃？"全恃我性情识见取之。"

郁达夫先生有咏鲥鱼之诗曰："冷雨埋春四月初，归来饱食故乡鱼。"郁先生是"归来饱食故乡鱼"，而我每年不论何事回到昆明，第一件事就是琢磨着，在家里或在外，尽快吃一

沿街的米线小店

碗其味厚实、其香留齿的米线。就连我那在云南出生，三岁到
北京，大学毕业后到美国留学、工作的女儿，回到北京的第一
件事，也是落实到北京的云南风味店家，来一碗解馋、解乡情
的米线。长长的回乡路，浓浓的思乡情，由细细的米线所牵
引、缠绕、化解、升腾。一碗米线吃下去，通体舒泰熨帖，一
股股家乡的温情，油然而生，不绝如缕。米线，是我们家唤
醒、慰藉思乡之情的良药秘方。

食用米线，在西南地区很普通。在云南，顾名思义，因
物取名，较为贴切地称之为米线，而其他地方则称之为米粉。
但凡同其他地方的朋友谈到米线的称呼时，我常常强调，明
明是线条状而非粉状，叫米粉，词不达意。米粉是加工过程

中而非加工成型后的形态，叫米粉，不妥。其实，叫什么并不重要，如"老婆饼"与夫人无关，"肉夹馍"分明是馍夹肉一样。只是爱屋及乌、家乡情结驱使下的自得、自得其乐而已。

余光中先生《乡愁》一诗云："小时候，乡愁是一枚小小的邮票，我在这头，母亲在那头……"我没那么浪漫，很质感地觉得，乡愁就是一碗米线，只记得当知青时，读大学时，到北京工作时，回家之后，老母亲手煮的那一碗米线。家乡的那一碗，盛的是满满的情怀。那细细长长的米线，是归乡的路。那浓浓的汤，是对家乡化不开的情。那红的、白的、翠的佐料，是对家乡五彩缤纷的记忆。那滚烫的口感，是描绘家乡时欲喷口而出的话语……

（刊于 2022 年 2 月 14 日《人民政协报》，2022 年 3 月 4 日《作家文摘》转载，收入本书时略作改动）

视频过年

对远离父母、故乡，在外求学、工作的游子来说，家是一辈子的牵挂，回家过年，是一年的牵挂。在许多人的心目中，一年当中，天大地大，回家过年最大。走千山万水，回家路最美。

古人言："父母在，不远游，游必有方。"我在成都上大学4年，之后在北京工作近40年，没回昆明家中同父母过年的次数，屈指可数。特别是实施春节长假以来，回家过年已成为我们家的惯例和"家规"。弟弟妹妹与父母同城而居，只有我们这一家在外地。在老人看来，只要我们这家人不回去，这个年就过得不完整，似乎过去的一年没结束，新的一年还没开始。

从阳历新年开始，老母亲在电话中经常问道，你们什么时候回来？能不能早点儿回来？真是情殷殷、意切切。而我们的回答，由能早点儿回去一定早回去，到争取回去，再到因为疫情防控的要求，今年回不去了。在电话声中可以感到，老母亲在回答"听国家的安排吧"的话音后面，有情绪的变化。

女儿到国外求学深造后，和女婿在外工作，春节很难回国。往年春节我们回昆明，是一家三代两处过年。今年最为特

殊，是三代人一个年三地过。前年，老父亲在春节后，以90
岁高龄离我们而去。今年，我们回不去了，为营造过年的气
氛，我们早早同弟弟妹妹、女儿女婿讲好，届时，视频过年。

　　除夕下午，通过视频通话，看到精神健旺的老母亲擀着
饺子皮儿，弟弟妹妹们包饺子，心中十分宽慰。年夜饭开餐
了，通过视频，我们给老人拜年，给老人敬杯水酒，给弟弟妹
妹和她们的爱人、后辈们讲讲祝福、问候的话，共同干一杯。
虽然隔着屏幕，但仪式依规如旧，即时即刻，陶然自得，福缘
相造，但温情也能触手可及。女儿女婿在国外有时差，但他们
心劲儿不差，也同我们同频过年。视频过年，将三地的节，过
成一样的年，将三代人的年过成一样的节，一样浓浓的亲情。
团圆当然更好，不得已而人分三地，但三地的人用一样的心情
过一样的年，也别有一番新感觉。人在千里外，心已是团圆。

　　往年春节，三代人十几口子都集中在父母家中，都要时
过子时，放完鞭炮方才各回各家。中央电视台的春节晚会，就
在一大家人的欢声笑语中、觥筹交错中、天伦之乐中，在电视
荧屏上热热闹闹地播放着。第二天问起春晚节目如何，竟然说
不出一个完整的节目来。其实在我看来，春晚就是为难以与家
人团聚的漂泊者准备的年夜大菜、文艺大餐，对团聚在一起的
人来说，主要是作料、点缀，烘托气氛而已。今年年三十，在
视频拜年、祝福之后，坐下来，捧着一杯老茶，静静地看后半
程春晚了。

　　说是静静地看春晚，实际心思却不时地飘移着。飘移出来想得较多的一个问题：过年是什么？过去、现在、将来，过年不变的是什么？变的是什么？

　　过年作为中国传统文化的一个重要符号，绵延几千年，亘古不变的是浓浓的家庭观念、亲情汇集，是亲人之间关心与爱的集中感知与抚慰，是周遭安稳，了无烦扰，"此中有至乐存焉"的乐呵。唯有如此，才值得一年的等待，一年的牵挂。不可否认，作为一个传统节日，有的形式与内容也在悄悄的变化之中。地球村，人类命运共同体，世界变小了，这是就世界而言。现代交通事业的发展，高速公路、"八纵八横"铁路网、机场遍布，这是就中国而言。信息化、5G时代，虽千山远隔，真实的镜像却可以即时即刻地如在眼前。家人、亲友之间生活、工作、居住、活动的空间半径有了很大的变化。根生土长、乡田同井、出入相友，成为遥远的牧歌，聚少离多成为常态。孩提时，过年意味着穿新衣、吃好东西。现在，早已不用"新三年，旧三年，缝缝补补又三年"了，按过去的消费水平，现在的吃穿用度可说是"度日如年"，"度日胜年"了。在时光的变幻中，让人感慨的，是"日月既往，不可复追"，是不可抗拒的生老病死的自然规律。往年除夕夜的鞭炮，开始是父母同我们一起放，后来是父母在阳台上看着我们放，再后来，只有母亲在家人陪同下，在阳台看着我们放。人事有代谢，总是免不了的，总是令人唏嘘。

　　时代如此，生活亦如此。不变是暂时的、相对的，变是经常发生着的，也是永恒的。有些变化，希望也好，被动也好，不得已也好，都在发生中。

　　过年，过的是团圆，团圆才有年味儿，才有温馨。只要心念在，隔山隔水，视频团圆，也有年味儿，也有温馨。庚子年的年，辛丑年的年，三代人分三地的视频过年，都充满了别样的情怀，将成为独特的记忆。

　　如果说，回家团聚，是对"星光不负赶路人"的注释，那么，就地过年，则是对"明年春色倍还人"的期待。相信明年的年，一定会更好。

（刊于 2021 年 2 月 20 日《人民政协报》，
收入本书时略作改动）

又到菌子飘香时

"菌子叫你回来啦！"云南家乡朋友的一句话，"此夜曲中闻折柳，何人不起故园情"（李白诗），一下子就将我拉回到三迤大地和过去的时光……

云南，被称为七彩云南、彩云之南，得自于她独特的地理地貌、四季分明的气候环境，水清、山绿、天蓝；得自于她多民族的人文和文化的多样性；得自于她作为动物王国和植物王国的生物多样性特点。一方水土养一方人。"春初早韭，秋末晚菘"，在云南，四季都有时令的山珍野味。春来花自盛，春天的许多鲜花，包括野生鲜花，是可以入馔入肴的。夏天的雨季一到，正如宋代杨万里诗中所形容的："空山一雨山溜急，漂流桂子松花汁。土膏松暖都渗入，蒸出蕈花团戢戢。"可食用的野生菌子多不胜数，无论城镇还是乡村，一下子都飘散着菌子的清香。秋天，则是瓜果和野果成熟的季节。唯有冬季，可资食用的东西同其他地方一样，少了些许。鲜花、菌子、竹虫都可以摆上餐桌，如同大诗人、美食家苏东坡所说："哺糟啜醨，皆可以醉；果蔬草木，皆可以饱。"美食不一定都在云南，但食物的多样性，一定在云南。

云南人所说的菌子，与其他地方的蘑菇同科，但更有不同，主要指难以人工种植、纯天然野生的菌子。在林林总总的菌子中，有的属于可登大雅之堂的高端食材，如松露、松茸、鸡枞、干巴菌等，更多的是"飞入寻常百姓家"的大众类菌子，如早谷菌、青头菌、牛肚菌、鸡油菌、奶浆菌、见手青等。当然，还有可以同"拼死吃河豚"一比高下的大红菌，有毒，又极为鲜美，仔细加工后，与农家溜达鸡同炖，其鲜、香之曼妙，全凭各自味蕾去体验，不可言状。

菌子的吃法有多种，炒、炖、做汤皆可，有的还可以生食，这些年则时兴涮火锅。到云南，如请你吃菌子火锅，对主人而言，是热情、坦诚和担当；对客人来说，那是一次美食之旅。但初来乍到、第一次品尝菌子火锅的朋友，开始时往往会一头雾水。因为，落座以后餐桌上没有筷子，看着凉菜、倒满酒的酒杯、火锅清汤里翻滚着的菌子却无箸可用。15分钟以后，小闹钟一响，服务员给用餐者一人一碗一勺，先喝鲜美的菌汤，然后再布筷子，宾客方可大快朵颐。开始不上筷、勺，是担心有人在菌子还未熟透时就按捺不住动手了。菌子不熟，容易中毒。为安全起见，索性开始不上勺子、筷子。从另外一个角度讲，看着美味，"吊吊胃口"，将视觉、味觉充分调动起来后再去品尝，感觉自然会更好些。

对我来说，菌子承载着一份记忆，一种乡愁。时过境迁，虽然现在依然能在雨季到来时品尝到时鲜的菌子，但念念不忘的，还是当知青时在山上拣菌子和烤菌子吃的过程。

　　我插队落户当知青的生产队在半山腰上，村子四周，是松树林、杂木林，还有几片茶树林。人与自然和谐共处，很少有人打扰的树林里，平常一片静谧，但是在雨季到来时，尤其是一两场透雨之后，真是"惊雷菌子出万钉"了（黄庭坚诗）。所以，在当地，上山找菌子叫"拣菌子去"。一个"拣"字，透着俯拾皆是的怡然自得。拣菌子有诀窍，对不认识的，凡长得较大的、伞盖颜色较为鲜艳的，没有小虫吃过的痕迹或周边没有小虫活动的，一般都有毒，绝对不要拣。否则，误食以后，轻者出现短暂幻觉，眼睛里会冒出跳动的小金人，重者则要到医院洗胃。我们村周围的山上，松露很少，因海拔较低，松茸也基本没有，鸡枞、干巴菌、青头菌、牛肝菌等则比较多。除鸡枞等菌子外，其他菌子，村民不大当回事，在山上，脚踢到了，看一眼也不会拣起来。不仅是因为菌子多，主要是炒菌子时比较费油，吃完之后饿得也快。知青则不然，拣很多鸡枞，配上辣椒、花椒等用油煎炸后装瓶，可慢慢食用很长时间。其他菌子，拣回来后晒干，春节前回家时带上，可做春节团圆饭中的一道菜。

　　到山上干活歇息时，顺手拣些菌子，收拢些干柴、松针，燃起一堆火，将菌子放在火边炙烧，烤透后用木棍刮去泥土、火灰，沾点盐或野蜂蜜入口，真是美味天成，直叹美味不可多得呀！这种素与简到了本然的吃法，"当时只道是寻常"，近50年过去了，那烧烤时的画面，仍清晰如昨日；那菌子入口时的滋味，依然能使人满口生津。真应了那句话，唯朴素而天下莫能与之争美。

不记得是哪本书上谁写的一句话，大意是，吃本身不一定重要，附着于那一味之上的记忆才重要。味觉是一把神秘的钥匙，一不小心，就开启了一扇通往过去的门。回味就是回忆。这段话深获我心。知青的岁月因艰苦、磨砺人而让人记住，家乡的记忆更容易简化为味蕾的记忆。身在异乡的人，回忆的往往是"前朝旧事"，叹喟的往往是家乡味道。

家乡，一腔氤氲的烟火味道。

（刊于 2022 年 6 月 27 日《人民政协报》，

收入本书时略作改动）

火塘边的那一盅烤茶

　　茶作为国饮，历史悠久，品类繁多，好者甚众。早在3000年前，我国就有了使用茶的文字记载。茶从制作上分，有不发酵茶，如绿茶类；有半发酵茶，如铁观音类；有发酵茶，如红茶类；有后发酵茶，如普洱茶类。从颜色上分，有绿、红、黄、黑、白、青六种。如从添加和配伍上分，有花茶、八宝茶、盖碗茶、打油茶、奶茶、酥油茶等，真可谓林林总总，不一而足。

　　作为好茶人，不同制作工艺、不同颜色、不同添加和配伍的茶，都不排斥，也见识过一些茶艺师诠释演绎很雅致的茶道的过程。但越是喝得多了，经历得多了，越是对40多年前当知青时，在山寨农户家火塘边喝过的那一盅烤茶，情有独钟，念念不忘。

　　烤茶，指的是喝茶时的一种冲泡方式，山民们往往形象地称之为"颠茶罐"。那一声"走，到我家颠茶罐去"，是那么的韵味悠长。颠茶罐，顾名思义，是将茶叶放进土陶罐几至盈口，然后在火塘边文火慢烤，边烤边颠抖，以便使茶叶受热均匀，焦煳大体一致。当茶叶的焦煳味弥散开后，再冲以滚烫的开水。第一道茶水用以烫口杯，从第二道开喝，直至心神俱宁，茶味寡淡。

为何火塘边的那一盅烤茶至今难以忘怀，细细想来，主要有三。

一是念其返璞归真。烤茶用的茶叶为生产队自产分给各户的粗茶。茶树一般有 20 来年树龄，属小乔木型大叶类。一年采摘两次，不讲究"一枪一旗"之鲜嫩，而取其叶色绿、叶质厚之耐泡和味厚长，简单晾晒炒揉即得。冲茶之水由竹管接山溪水直接进家，是长年流淌的活水，无意中符合茶圣陆羽的要求——山水为上，江水为中，井水为下。烤茶的茶罐为土陶所制，大小如成人拳头，敞口、收脖、阔肚、平底，圆弧形的把手，无盖。口杯为粗白瓷杯，盈口一握，浅浅两口，大小相宜，深浅合适，一罐茶水可布四杯。烧火的木柴为松树，不时的噼啪爆裂声中，送出淡淡的松香。劳作之余，夜幕降临，围坐火塘边，红红火火的火塘，使若明若暗的油灯增加了一些生气。壶中咕嘟的水声伴着倒茶、喝茶声，时断时续的谈天说地，汤色如酱，味感浓厚的粗茶，两三杯下肚，热烫、粗老、苦涩、温润、回甘、平和，依次而来，须臾，口齿留香，腹中温暖，真应了一句话："苦中蕴含着舒爽。"冲淡、简朴、本真，反倒升华了这一盅粗茶。

二是念其有烟火味。生活就应该有烟火气。有人讲过，烟火才是生活的真谛。没有烟火，生活就是一场孤独的旅行。话说得绝对了些，但道理是有的。真性情就是人间烟火，就是生活。茶具只有烤罐、茶杯，没有茶承、茶海、茶巾、茶托等，即泡即喝，剔除了茶之外的仪式，体现的是茶的本来价值和生活的本来面目。没有茶艺师的手法身段，也不用关公巡城、韩信点兵，落尽繁文缛节，坐在木凳或稻草编成的草墩上，喝透了还可敞着怀，不拘礼数，随性随意，怎么自在怎么来。喝茶本是享受，享受时还要端着、拘着，那是自作自受。规矩在许多场合是要讲究的，但三五人松弛一下，自斟自饮，我斟你饮，互斟互饮，其乐融融，其情悠悠，其意绵绵，大可不必循规蹈矩。这种放松地喝，自我、自在地喝，没有仪式的约束，深得我心。高堂明轩、精雅别舍，是一种情怀；山野村风、粗沥简朴，是一种烟火。在喝茶中体悟人生况味，在仪式里求，在精致里求，似乎问道于盲，未必能如愿。精致、烟火是不一样的人生，人在不同的阶段会有不同的韵致，将喝茶上升为道，是文化；简朴的茶风，不执着于茶之外，是生活，是茶之初心、茶禅之所在。茶如是，生活亦如是。

三是念其心无挂碍。"万事不如杯在手。"无论春雨霏霏、秋高气爽、终风苦雨，还是春霜侵入；无论"一日看尽长安花""时不利兮骓不逝"，还是"艰难苦恨繁霜鬓"，用最本质的方式喝茶，那氤氲中散开去的陶然，那涩滞中蕴含滋养着的醇和，那三言两句中淡淡的乡愁，茶之外的一切慢慢地放下，一杯一盏足清心。心清则事简，事简则神宁。似淡而实美，至味于平和。唯淡唯和，乃得其养。茶，泡的是时光，喝的是岁月，虽非大道，关乎心境。喝茶时甘苦自然，舒缓随性，使人心无挂碍，放松下来，岂不美哉。心无挂碍，可向茶中求。茶深小神仙，喝茶喝到心无挂碍，放下恩怨荣辱，心静如止水，这是得了茶之深味。

茶至简至深，必然心底无事天地宽。

（刊于 2018 年 6 月 25 日《人民政协报》，

收入本书时略作改动）

在茶香中荡漾开去……

晚 7 点 40 许，考察团、调研组惯常的茶叙就要开始了。

自带茶具，自备茶叶茶点，自己泡茶，考察团、调研组的领导与政协委员、工作人员围坐一起，一盏暖心的茶，一份知己的情，政协情缘、政协友谊、政协语景、政协话语从茶香中飘溢出来、荡漾开去……

茶为何物？茶为何事？泡茶、懂茶者在自问后娓娓道来：神农尝百草，日遇七十毒，茶以解之，茶是健康的良药；品茶而能静心，静心而能自省，自省而能觉悟，茶是平心静气、修身养性、涵养文化、促进和谐的良媒；一片小叶子，位居柴、米、油、盐、酱、醋、茶开门七件事之列，从种植到采摘，从制作到饮用，再到衍生出的诸多产品，产业链很长，小茶叶，大民生，茶是造福百姓的良方。听者中，醍醐灌顶者有之，欣然一笑者有之，欲起而附和呼应或再作辨析者亦有之。其实，关键不在于为茶作什么注解，而在于"人人相善其群"。有人说，饮茶以人少为贵，众则喧，喧则雅趣乏矣。文人雅士，竹映窗纱，红泥小炉，独啜为幽，二人为胜，三四人为趣，固然雅致，但属于内向的，追求的是自我的享受、观感及修为。而对致力于找到社会意愿和要求的最大公约数、画出民心民意最大同心圆的人民政协和政协委员来说，在追求内向、惕厉自省的同时，也应是外向的，通过沟通交流，如切如磋、如琢如磨，从而形成共识、凝聚共识、深化共识、扩大共识。在这一过程中，包容能得众，交融有气场。得众、有气场则得情、得势、得根本。一茶在手，闻香品尝固然很重要，但不一定时时都很重要，更重要的是茶承载着的人文之"道"。道者，心也。这就是在茶叙中自觉、觉他，这就是人心、人气。于是乎，品茗而论道得道，一人吟诵，饮者中多人时断时续地合诵着唐代诗人卢仝的七碗茶歌："一碗喉吻润，二碗破孤闷。三碗搜枯肠，唯有文字五千卷。四碗发轻汗，平生不平事尽向毛孔散。五碗肌骨清，六碗通仙灵。七碗吃不得也，唯觉两腋习习清风生。"一碗至七碗，不必一律，各得其乐而至众乐乐，岂不美哉！所以《神农食经》有言："茶茗久服，令人有力悦志。"

"功夫"在茶外。茶叙之趣，在品茶中，也在品茶外。茶中滋味小，茶外滋味大。一杯香茗入喉，顺滑如丝、幽香满腔后引发的话题、交流的情感、触发的思考，经历了一个由物质变精神又从精神变物质的过程。据说，昔日赵州柏林禅寺住持禅师对来寺庙里释疑解惑的人，一概劝之"吃茶去"，意在让来人在吃茶中自觉。为此，赵朴初先生还曾赋诗一首："七碗受至味，一壶得真趣；空持百千偈，不如吃茶去。"考察、调研之余，坐在一起茶叙，可为委员们提供一个平台，将考察、调研中的所见所闻、所感所悟，相互启发，小中见大，见微知著，见识由一变二，二变三，三变无穷，思考、认识、体会逐渐丰富和升华起来。自然，此举可促使委员对考察、调研报告加以研讨，各抒己见，群策群力，不遗珠矶，"一枪试焙春犹早，三盏搜肠句更嘉"。茶能静心也能净心，有利于委员们抚平白天奔波的疲惫，放松五感，慢慢地身心为之一轻，精神为之一爽。慢品怡性情，茶香养精神，相遇贵相知，相知贵知深。其乐融融，其情陶陶，团结合作、凝聚共识，在茶叙中时雨润物，自叶流根。

一杯清茶香，共叙政协情。两个小时左右的茶叙，有热情而无喧嚣，有平静而无沉寂，胜过觥筹交错、酒酣耳热。君子之交淡若水，联谊交友贵在真。茶叙是新形势下人民政协加强联谊交友的有效方式之一，这是参加考察、调研中茶叙活动的委员和工作人员的共识。

其实，从茶香中荡漾开去的何止这些。茶韵悠长，耐人回味，会在不知不觉中给人以启迪和滋养。

有人说，茶分两种，一种是可以"将就的"，一种是可以"讲究的"。要我说，还有一种，考察团、调研组的这种茶叙，是可以"讲求的"。

（刊于 2019 年 11 月 4 日《人民政协报》，
收入本书时略作改动）

普洱茶的烟火味

　　中国历史源远流长，旷古悠久，中国传统文化根深叶茂，博大精深。如细分中国传统文化之类别，委实不少。仅就"民以食为天"一类看，就有饮食文化、酒文化、茶文化以及茶与禅相融的茶禅文化，等等。

　　茶在中国的种植、制作、饮用，能追溯几千年，可谓产地众多、品类众多、饮者众多。当家度日，开门七件事，柴、米、油、盐、酱、醋、茶，茶虽居末位，却是不可或缺的。茶字，从草、从人、从木。所以有人说，"一日无茶则滞，三日无茶则病"。茶为大众之饮、国之饮。但在快节奏的工作、生活年代，在信息化高度发达的年代，与朋友相聚品茗，或泡一壶茶、读一卷书的时光，似乎成了一种奢求。

　　普洱茶作为中国茶中的一种，据说已有2000多年的历史，而且具有显著的地域性、工艺性特点。普洱茶本是生活中的一部分，家居之物。但在前些时候，却经历了炒作至超出本质、不可想象、鱼龙混杂的滥觞地步。狂热一阵后，从云端断崖式跌落，较为理性地回归了本源，回归了普洱茶本身的烟火味。

　　普洱茶因集散地、互市地而得名，这样的名称显然无法展现其本来意义。实际上，普洱茶茶树分为野生和人工种植的大叶茶树两种，以不同地理环境和不同树龄的晒青毛茶为原料，经发酵加工而成散茶、紧压茶，有生茶、熟茶之分。

唐代文学家元慎《一字至七字诗·茶》言：

茶，

香叶，嫩芽。

慕诗客，爱僧家。

碾雕白玉，罗织红纱。

铫煎黄蕊色，碗转曲尘花。

夜后邀陪明月，晨前独对朝霞。

洗尽古今人不倦，将知醉后岂堪夸。

一首宝塔诗，道透了茶性、茶趣、茶妙。不仅令人莞尔，更有助于细细体会茶之三味。茶，既可雅，亦能俗，全赖置于何用。如仅是解渴之用，何尝不可。非要遵循所谓的繁文缛节，上升为"道"，于常人而言，似也大可不必。但爱茶、懂茶，则不失为鲁迅先生所说的那样："有好茶喝，会喝好茶，是一种'清福'。"反复体味元慎的诗及鲁迅先生的话，深感茶之苦涩，犹如人生；茶之甘醇，一如人生。甘苦交加，人生如茶。

大叶种原生野茶树，为乔木或乔木型高大木本植物，生长在深山老林。即使后来人工种植的，多数也远离尘世。一年春夏秋三季采摘之后，经杀青、揉捻、干燥三道工序，再分拣、蒸揉、渥堆、风干醇化、拼配，一部分作为散茶，一部分紧压成饼状、块状或碗状。如当年和四年之内的茶，为生普洱茶，五年以上的发酵茶，为熟普洱茶。而熟普洱茶中，又有自然发酵与人工催热发酵之分。普洱茶，有以陈为贵，越陈越贵，越陈越香之说，讲究"几年陈"。普洱茶的形成过程，与人生由青涩走向成熟，似无二致。

也正因为如此，个人喜好，在各类茶中，有烟火味的普洱茶为佳；生普洱与熟普洱，以熟普洱为佳；人工发酵普洱茶与自然发酵普洱，以自然发酵者为佳。因而，

——与朋友相聚时，无茶不欢，我愿选普洱茶，因为普洱茶本身就是历史名茶，有历史感。朋友在一起，不必拘礼，删繁就简，自泡、自斟，随意而饮的普洱茶，以茶当酒，最为相宜。

"惟有山茶偏耐久。"普洱茶不仅耐泡经饮，而且从开泡到收杯，从冷到热，从浓到淡，从沉到浮，无不是述说着历史的故事和生命的历程，无不契合着朋友之间谈天说地、纵横古今的语速与思绪。初饮之粗老、苦涩，犹如生命之历程；再饮之醇香、回甘，犹如生活之美满，事业之有成；再饮之清雅、平和，幽香不绝如缕，犹如朋友之间，"谈笑无还期"，淡然无求，清明如水。如元好问在《茗饮》所言："一瓯春露香能永，万里清风意已便。"茶与人合一，茶与情交融，岂不

快哉！

　　——与爱茶者、懂茶者相聚时，无茶不谈，我愿选普洱茶，因为普洱茶内涵丰富，有层次感，足以慢慢品鉴。普洱茶是"活性"的，它的内涵、层次，体现在它自身历史久远，制作后妥善放置，越陈越有味道，越陈越有韵致。体现在它汤色的变幻，由暗红、深红、葡萄酒红、琥珀色，再到淡淡的玫瑰红，漫长的变化，返璞归真，次第而来，令人赏心悦目。体现在它给味蕾感受的层次，一杯在手，初入口时的气，含于口中时的香，徐徐咽下时的清爽，各不相同。体现在它的一茶一味，一杯一味，不同心境下的不同味，每一杯茶都有只可意会，不可言传的不同。体现在它不同茶山、不同拼配工艺、不同年代而产生的妙不可言的奇特禀赋。体现在观叶底时，茶叶独有的外形条索、色泽变化。

　　以茶为媒。饮茶过程中的观形、察色、品味，不正是爱茶者、懂茶者的谈资、品鉴、交流、切磋的机会嘛！"淡中有味茶偏好，清茗一杯情更真"，斗斗茶，也未尝不可。

　　——一册在手，无论何时，即便夜静更阑，无茶难以深读，我愿选普洱茶，因为普洱茶有澄怀净心感。在清宁闲适、冲淡平和的心境下，左茶右书，与古人今人神交，在天地之间遨游。一时间，茶与书的滋味、趣味，知与不知的况味，茶的热腾，书的冷峻，交融升华，茶中有书，书中有茶，茶喝得更深，书读得更透。真是，茶中、书中自有"神仙"。

一口茶，一段文字；一壶茶，一本书。茶入口，放松、放下；书在手，读厚、读薄。茶味在口中，书味在心中。茶与心的应和，物与我的交融，佐证了《神农食经》中的一句话："茶茗久服，令人有力悦志。"有力者，久读而不累；悦志者，读之所得，养身养心养性养智。

有道是，茶在手中是风景，茶在口中是人生。普洱茶的烟火味，在它氤氲缥缈的茶气中，在它日常家居的生活中，在它助你体悟人生的过程中。"相期以茶"，"吃茶去"！

（刊于 2022 年 3 月 28 日《人民政协报》，

收入本书时略作改动）

老年唯自适

古罗马政治家西塞罗讲过一段话："人生的跑道是固定的，大自然只给人一条路线，而这条路线也只能够跑一次。人生的各个阶段，都各自分配了适当特质：童年的软弱、青春期的鲁莽、中年的严肃、老年的阅历，都各自结出自然的果实，须在它当令的时候予以储存。每个阶段都有值得人们享受爱好的事物。"在观看全国政协机关老干部的书画摄影作品展时，我想起西塞罗的这段话。而每次读到这段话时，我也会很自然地想到老同志们的一幅幅作品，像过电影一样，时空交替、抽象与具象重叠，不由得有如下感慨：

其一，"欲知除老病，唯有学无生"（王维诗）。按一般规律，年逾花甲，多为病找人的时候。长期繁忙的工作告一段落，绷紧的弦一旦松弛下来，如无有效的调适，心绪无所寄托，往往容易出问题。此时，拾起过去无法投入较多精力的爱好，或者培养新的兴趣爱好，在琴棋书画摄影旅游上下点功夫，既丰富了退休生活，使生活丰富多彩；又使精神轻松愉快，有益于防病祛病。一举双得，何乐而不为？活到老，学到老，学以除老病。离退休老同志深入现实生活，结合个人实际，参与书画摄影创作，对改造主观世界来说，是一个再学习、再提高的过程；对改造客观世界来说，是一个再发现、再实践的过程，是用实际行动来"除老病"，值得终将加入退休人群的我们认真考虑。

　　其次，"都无晋宋之间事，自是羲皇以上人"。这是辛弃疾《鹧鸪天》（读渊明诗不能去手，戏作小词以送之）中的两句，说的是陶渊明和友人们共沐没有战乱、没有世俗名利之争，如同远古羲皇时代纯朴人民一样的无忧无虑、恬淡自然生活的情景。躬逢盛世，在我们距离实现中华民族"两个一百年"奋斗目标最近的时候，在享受美好生活的同时，用笔墨镜头反映美好生活，用笔墨镜头为创造更美好的生活增添正能量，自娱、娱他，独乐乐、众乐乐，不以善小而不为，终为大

老年唯自适，摄影也是可以培养的爱好之一。

善。固然，在走向更新更美好生活的道路上还会有这样那样的困难和问题，但只要永远在路上，只要始终秉持追求美好的努力，终将不负初心。

再次，老年唯自适。"碧树凋余老更红"，这自然是很好的，但"强将颜色慰飘蓬"，则又未必是件好事，毕竟过犹不及。步入老年，一种爱好，作为晚年生活的一抹亮色，陶冶情趣，丰富人生，交流同道，快慰之极。但要"强将"达到相当高的高度孜孜以求，甚至进入痴迷、废寝忘食、殚精竭虑的程度，对大多数离退休的人来讲恐怕不太有益于身心了。"唯自适"之意在于掌握好度。"知天命"者，了解、掌握规律是也。每次欣赏老同志的书画摄影作品，总有这样一种感受：不刻意追求但在意表达，而表达恰恰又同经历、阅历相辅相成，因而很是惬意、适意。

（刊于2017年4月8日《人民政协报》，

收入本书时略作改动）

身未动，心已远

　　在 2020 年 4 月 28 日的《中国摄影报》头版，赵迎新社长发表了《永恒的凝视 心灵的回响》一文，文章第一段话开宗明义："经典影像所蕴含的力量，是无声的诉说，是永恒的凝视，是时代的足迹，是精神的象征。"文章所言，是指该报在当日头版用肖像矩阵的方式，记录抗击新冠肺炎疫情阻击战中 4.2 万余次让人感动的瞬间，讲述 4.2 万余个让人泪目的故事，"它是 4.2 万余位中国各地援鄂医务工作者美丽心灵的回响"。看图、阅文，确实如文所说，感受到了"心灵震颤"。

　　当看到 2020 年 5 月 26 日《中国摄影报》头版刊发的，由新华社记者庞兴雷拍摄的政协第十三届全国委员会第三次会议开幕式图片时，我再次感受到了"心灵震颤"。整整一个版面的图片，上半部分是人民大会堂群星拱卫红色五角星的穹顶，下半部分是一列列面着口罩、正在鼓掌的与会政协委员和工作人员。静止的画面、一致的动作、挺拔的坐姿、专注的眼神，凝视无声的画面，重返有声的现场，"身未动，心已远"。观看此图片，在视觉震撼和情感冲击之余，深切感受到，图片所展示的恢宏场面定格在"决定性瞬间"，涌动着一种磅礴的信心和力量，意韵深长。

　　这是一幅国家力量之图。这幅几千名全国政协委员及工作人员整整齐齐佩戴口罩的图片，从一个侧面诠释着什么叫"令则行，禁则止，宪之所及，俗之所被"。图片是 960 多万平方公里的国土，14 亿人的国度，举国上下、万众一心抗击新冠肺炎疫情的微缩版；是抗击新冠肺炎疫情进入常态化后，政协十三届三次会议期间，与会委员和工作人员进行闭环式管理，自觉为全面战胜新冠肺炎疫情做贡献的精华版。之所以让人"心灵震颤"，因为其展现了我们国家在危难时刻、非常时期，一声令下，全民行动，"枯木朽株齐努力"，"万水千山只等闲"。整个国家、社会、民众极强的组织动员能力、执行力和凝聚力，充分彰显了中国精神、中国力量、中国速度、中国效率，真可谓"志之所趋，无远弗届，穷山距海，不能限也。志之所向，无坚不入，锐兵精甲，不能御也"。

　　这是一幅民族精神之图。这幅几千名全国政协委员及工作人员整整齐齐佩戴口罩的图片，从一个侧面展示了中华民族面对困难和挑战溯风而上的精神。这一非常时期的非常图片，是对抗击新冠肺炎疫情进入常态化，全面启动经济社会发展快行键后，中国共产党和中国人民面对复杂的国际国内严峻形势的挑战，努力做好"六稳""六保"工作，全面完成脱贫攻坚任务，实现中华民族伟大复兴坚定信心、坚强决心的大写意。正如庞兴雷所言："不凡之年，信心之会。"图片充盈着在中国共产党领导下，中国人民"不管风吹浪打，胜似闲庭信步"

的坦然；"万里赴戎机，关山度若飞"的超然；"黄沙百战穿金甲，不破楼兰终不还"的决然。

这是一幅家国情怀之图。这幅几千名全国政协委员及工作人员整整齐齐佩戴口罩的图片，从一个侧面反映了 2000 余名全国政协委员，近 70 万全国各级政协委员为国履职、为民尽责，履行政治协商、民主监督、参政议政职责的责任担当。全国疫情防控进入常态化后，内防反弹、外防输入，任务仍然繁重。全面推进复工复产达产，恢复正常的经济社会秩序，实现全面建成小康社会的目标任务，仍然繁重。各级政协委员认真履职，积极出主意、想办法，画好与党委政府、人民群众共克时艰的"工笔画"，正当其时。重视防御，又不慌乱。"其动也天，其静也地。"图片诠释着广大政协委员在关键时刻的关键言行，以及"为天地立心，为生民立命，为往圣继绝学，为万世开太平"的家国情怀。

（刊于 2020 年 6 月 15 日《人民政协报》，2020 年 7 月
17 日《中国摄影报》转载，收入本书时略作改动）

一切景语皆情语

　　这本图文相济的拙作在编排修订初成时，为名正言顺，纠结书名很久。拙作当然归于摄影类，但图片后都配有文字，只说摄影集，似也不全面。若离开图片只看文字，有些没有了背景，也往往词不达意。在权衡再三，左右都觉得不妥帖时，脑海中忽然蹦出了清末民初著名学者王国维先生名著《人间词话》中的一句话："昔人论诗词，有景语、情语之别，不知一切景语皆情语也。""一切景语皆情语"，意为写景观的语言，其实都是表达情感的语言。一时间有了"众里寻他千百度，蓦然回首，那人却在，灯火阑珊处"的经历，于是郁结顿解，气定神闲下来。

　　用"一切景语皆情语"命名，当然有拉大旗作虎皮，秃子跟着月亮走——叨光不少之嫌，但确实正好与我一贯拍摄成片并缀文于后的习惯和爱好，形成了暗合，找到了依据。同时，也为我不论片子拍得好与不好，都用文字将拍摄时或拍摄后的感悟记录下来的附庸风雅，找到了遮羞和托词。用名人、大师的话语装点自己，从积极方面讲，也可以说是对名人、大师"虽不能至，心向往之"的一种追求吧！

　　我真正将相机作为出行时的标配，或者有闲暇便行摄四季，登山临水，探幽访胜，是近十余年的事情。虽然用情不专，用力不多，但看到使自己心为之一动的景象时，总是不厌其烦、不厌其多地拍摄下来，回家后再择时上电脑删减。我虽然是文科毕业生，但非文学创作专业。机关工作中，总要同文字打交道，写东西是常态。近朱者赤，近墨者黑，蓬生麻中，不扶自直。心心念念，耽于将拍摄删减留下来的图片配上文字，期望达到情因景生，移情入景，景因情而生动，情生于景而超乎景，情景相因。景与情，互为目的，互为手段，形依情，情附形，相辅相成。正如清人张英所言：“佳山胜水，茂林修竹，全恃我之性情识见取之。”也如摄影大师布列松所言：“摄影就是将头脑、眼睛和心灵放在一条瞄准线上。”相由心生。古人、今人都有诗入画、诗配画或者反过来的雅趣。一部电影往往也会有配乐或有画外音。我在拍摄的图片力有不逮，表达还不到位或还想延展、深入表达时，画面不够，文字相凑；文字不臻，画面来衬。因此，当有朋友问到，你所配的文，是“律”还是“绝”时，我郑重答复，都不是，我这是五四句。五字一句，四句一段，不讲平仄，文字码齐，韵角大致捋顺而已。并大言不惭地说，重要的不是形式，而是表达了什么；重要的不是字面，而在字的背后。最后，对所问的朋友来一个“哈哈”！就都不再深究了。

英国心理学家查尔斯 · 麦基在所著《可怕的错觉》一书中提出一个概念，你看到的只是你想看到的。看到的和想看到的，一个很有意思的因果关系。在拍摄及其后的缀文中，景与情，景观与故事，有时追问到底孰先孰后，如同是先有鸡还是先有蛋的命题一样难解。我既有"看图说话"的时候，也有"话说图画"的时候；有时就是"话中有图，图中有话"。仔细一想，不论情动于景而行于言，还是言动于心而形于外，孰先孰后都不重要，重要的是言为心声，形为心表，神游物外，心与景接。我想，只要关乎情景，不童牛角马，心性相隔就好啦！

《一切景语皆情语》，于图，是对我所见之所截取，不入摄影大家的法眼；于文，我手写我心，比顺口溜溜得更顺些，难登词诗的大雅之堂；于我，则是与朋友微信、聚谈时的又一交流载体或谈资，则是向新、向学、向户外活动的动力之一，则是年逾花甲、渐行渐投老生活的一抹秉烛之明。不揣粗陋拿出来，是想对自己的这一业余爱好，作一个阶段性的小结；是想表达作为一种业余爱好，毋戚戚于浮名，能怡然自得、自娱自乐即可。否则，作为业余爱好失去了度，"事到认真反成累了"。由此，在朋友的鼓励之下，特别是在雅昌文化集团万捷先生、何曼玲女士等各位的帮助之下，在团结出版社社长梁光玉先生的支持下，付梓成册。书名《一切景语皆情语》，则是好友韩必省先生的墨宝。在此，一并谢过！

最后，还得交代一下，由化工出版社出版的拙著《景语·情语》一书，书名就用了王国维先生"一切景语皆情语"

一句话之义。书的前言"写在前面的话"，也引用了王国维先生这句话，并由此生发开去，写了几句感悟。这次又引用和面对王国维先生这句话，一方面是自己所知较少，一方面是自己对这句话情有独钟，感悟甚多。因此，不惜一而再地拾王国维先生的牙慧。惭愧！惭愧！

（此文为画册《一切景语皆情语》的前言，
收入本书时略作改动）

愿书香常伴左右

信息网络化、娱乐多元化、时间碎片化、节奏多样化，往往使一册在手、书香常伴左右成为一种奢望。曾几何时，那有限的几本书外，其他都成为"封资修"、"四旧"的毒草而少书可读的无奈。时至今日，书可谓汗牛充栋，家中、办公室中若干书，却又平添少暇亲炙的烦恼。无奈与烦恼，同样使人唏嘘。九百多年前的宋人苏轼说过："昔日君子，见书之难，而今之学者，有书而不读。"真不幸而言中？

网络上有一篇《我国与世界各国人均读书量差多少》的文章，列举了若干"中国人不阅读"的数据。如，我国公民每年人均阅读图书 4.35 本，而韩国是 11 本，法国是 20 本，日本是 40 本，以色列是 60 本；日本企业家一年读书 50 本，中国企业家是 0.5 本；年人均购书量，以色列 64 本，俄罗斯 55 本，美国 50 本，中国不足 5 本。数据如何统计的，准确度如何，不去深究，但我们人均阅读量小，却是不争的事实。

针对世界性问题，1972 年，联合国教科文组织向世界发出"走向阅读社会"的号召，要求社会成员人人读书，图书成为生活的必需品，读书成为每个人日常生活不可或缺的一部分。1995 年，宣布 4 月 23 日为"世界读书日"，又称为世界图书与版权日，希望在世界各地的人，无论是年老还是年轻，无论是贫穷还是富有，无论是患病还是健康，都能尊重和感谢为人类文明做出过巨大贡献的文学、文化、科学、思想大师们，都能保护知识产权。

针对领导干部的问题，想来也应包括公务员的问题，习近平总书记强调："书籍是人类知识的载体，是人类智慧的结晶，是人类进步的阶梯"，"要爱读书，要读好书，要善读书"。读书学习是"加强党性修养、坚定理想信念、提升精神境界的一个重要途径"，"读书学习水平在很大程度上决定着工作水平和领导水平"，"中国共产党人依靠学习走到今天，也必然要依靠学习走向未来"。

针对社会公众的问题，在今年的政协全国委员会第十二届三次全体会议上，朱永新常委第十一次提出设立"国家阅读节"的提案，为推动全民阅读鼓与呼，并得到一些委员的附议。

联合国教科文组织用心良苦，习近平总书记言之谆谆，有识之士建言献策，等等，意欲何为？意在书香社会、学习型社会、良好社会风气的建设。至此，不由得想起清朝大学士张英在《聪训斋语》一书中的一段话和自书在书房中的一副对联。书中写道："闲散无事之人镇日不读书，则起居出入身心无所栖泊，耳目无所安顿，势必心意颠倒，妄想生嗔。"对联为："读不尽架上古书，却要时时努力；做不尽世间好事，必须刻刻存心"。古人之明训，亦应谨记。

　　作为政协的工作人员，要做好对委员的沟通、协调、联络和服务工作，要为政协履行政治协商、民主监督、参政议政职能服务，在政治合格的基础上，自身的学养、修为十分重要。"读书使人睿智，使人和顺，使人优雅，使人高贵。"读书关乎党性修养、理想信念、精神境界、道德情操和思想方法、工作艺术。让委员同政协工作人员接触时，感到如沐春风、如饮醇醪，使我们的工作更能春风化雨、滋润心田。爱阅读、善阅读，潜心阅读，应是对政协工作人员的一项要求。

　　求木之长者，必固其根本；欲流之远者，必浚其泉源。至乐莫如读书，愿书香常伴左右，让阅读点亮更多人的心灯。

（刊于 2015 年第 24 期《中国政协》杂志，

收入本书时略作改动）

读书养心

——再读张英《聪训斋语》有感

张英（1638—1708 年），安徽桐城人氏，官居清康熙朝文华殿大学士、礼部尚书。《聪训斋语》，是集张英以自身经历和感悟训勉子孙箴言的一本书。该书可谓药石之语，备受晚清名臣、重臣曾国藩推崇，称之为"句句皆吾肺腑所欲言"，嘱"尔兄弟细心省览，不特于德业有益，实于养生有益。常常阅习，则日进矣"。该书也受到不少今人的青睐，称之为"一见钟情，无法自拔"。

由刘超重新分类编印和评注、中国纺织出版社出版的《聪训斋语》一书，分总纲和治家、读书、修身、交游、养生、品艺、怡情、知命诸篇及题跋等，加评注，共 25 万余字。一册在手，一读不足，再读为快。

一读《聪训斋语》后，曾写《读书传家久——读张英〈聪训斋语〉随感》短文。再读之后，有感更多，将随感和有感梳理归纳，共有五感：

一是四语立训，言近旨远。张英在书中开宗明义，要言不烦，曰："予之立训，更无多言，止有四语：读书者不贱，守田者不饥，积德者不倾，择交者不败。"旨哉斯言。立训之语，字面平白如话，却是他饱读诗书、宦途沉浮、人生历练，沉浸浓郁、含英咀华总结的至理名言。孟子有言："言近而指远者，善言也。"这 20 个字的立训之言，本身就是一部可以读厚，也可以读薄的书，值得仔细玩味。所以，张英说，"尝将四语律身训子，亦不用烦言夥说矣。"而且，张英将"读书者不贱"放在四语之首、立训之首，并以"不贱"评价之，"虽至寒苦之人，但能读书为文，必使人钦敬，不敢忽视"。可见读书在其心目中，在立身、立德、立言、立业中的基础性、重要性地位。有此认识和要求，自身和家人焉有不立世之虞。

二是书中一段话，深获我心，感慨良多。这段话是："人心至灵至动，不可过劳，亦不可过逸，惟读书可以养心……书卷乃养心第一妙物。闲适无事之人，镇日不观书，则起居出入，身心无所栖泊，耳目无所安顿，势必心意颠倒，妄想生嗔。处逆境不乐，处顺境亦不乐。每见人栖栖惶惶，觉举动无不碍者，此必不读书之人也。"反复诵读之，直叹"良有以也"。

"读书养望，不染尘埃。"天下第一好事乃读书，养正气第一要务是读好书。不仅要读好书，而且要有志向、有见识、有恒心，三者缺一不可。有志向，就是要明确为什么读书，要像周恩来同志所说的那样，"为中华之崛起而读书"。要像全国政协要求的那样，为更好地提高履职能力和水平而读书。有见识，就是不为读书而读书，防止像古人所说的，"读书不知

书店一角

接统绪，虽多无益也；为文不能关教事，虽工无益也；笃行而不合乎大义，虽高无益也；立志而不存于陇世，虽仁无益也"。好读书，不求甚解，多读何益？有恒心，就是要行之有恒，"铢积寸累，受之以虚，得之以勤"，一曝十寒，于事无补。

　　三是联想到在其他书上看到的，张英自撰挂于书房中的对联："读不尽架上古书，却要时时努力；做不完世间好事，必须刻刻存心。"这不就是说，要认认真真读书，勤勤恳恳做事吗！读书，体现追求；做事，实现价值。张英居庙堂之高，既宵衣旰食，军书旁午，又伴君如伴虎，始终敬慎，仍嗜书如此，"却要时时努力"；仍心"忧其民"，"必须刻刻存心"。"纵读难得之书"，惟日孜孜，无敢逸豫；"学问淹通"，"有古大臣风"（康熙评语），如是之者，怎能不"腹有诗书气自华"。联想到我们党老一辈领导人读书、嗜书的行为示范；联想到政协委员读书活动中许多委员勤奋读书，深夜不止、清晨即起发的读书心得，真是要时时努力啊。

四是"六尺巷"的故事。"六尺巷"位于桐城市西南，长不过百米，宽6尺，由清康熙朝遗存至今。巷道两端立石牌坊，上刻"礼让"两字。"六尺巷"缘于张英对家人的劝诫教诲，也缘于邻里的投桃报李，福往福来，各让三尺宅基地而成的一处佳境，而留的一段佳话。

张英时常用古人语告诫自身与家人："修身让路，不失尺寸。"并对家人提出："与人相交，一言一事皆须有益于人，便是善人。"要求"务本力田，随分知足"。有此学养和谦谦君子风，大智知止，修己以敬，自然能演绎出"千里修书只为墙，让他三尺又何妨。万里长城今犹在，不见当年秦始皇"的嘉言懿行。

五是读书传家久。张英之子张廷玉，学而优则仕，历清朝康雍乾三盛世，履职最高至雍正朝首席军机大臣，父子宰辅，一门贤臣良相，史有"父子双宰相""三世得谥""六代翰林"之誉。如此家世家学，揆诸史乘，实不多见。忠厚传家久，读书继世长，古之明训也。读书，为人为事之必须。读书人家，庇荫后世。前人讲人有五福：有功夫读书，有力量济人，有学问著述，有多闻直谅之友，无是非入耳。确实如此，但读书为其首要。

再读罢《聪训斋语》，掩卷之余，又想起曾国藩写信告诫诸弟的一段话："吾辈读书，只有两事：一者进德之事，讲求乎诚正修齐之道，以图无忝所生；一者修业之事，操习乎记诵词章之术，以图自卫其身。"沉浸在古人所言、所著中，俄尔想到另外一面，对古人的言论行迹，有的应"师其心而不师其迹"，听调不听宣。茹古涵今，谨记"师古不泥，善用其心"即可；谨记"人心惟危，读书养心"即可。

（刊于 2020 年 11 月 9 日《人民政协报》，
收入本书时略作改动）

规则左右着结果发展的路径

俄罗斯世界杯，从 32 强到 16 强，从 16 强到 8 强，从 8 强到 4 强，直到半决赛、决赛，真是一出充满着波谲云诡、峰廻路转、跌宕起伏的大戏，既料不到过程，也猜不准结果。各支球队的拥趸，一忽儿天上，一忽儿地下，过山车一般的感受，时而仰天长啸，时而掩泪涕泣，时而开怀大笑，时而捶胸顿足，如疯如魔一般。估计，赌球者中，赔了夫人又折兵的也会不少。

但即使是一出充满了种种意外的大戏，仔细看来，还是有规律可循的，还是能看出一条左右着结果发展的路径。可以说，俄罗斯世界杯裁判执法总体上宽松的尺度，从走向上左右了结果的发展。大体看来，这届世界杯裁判执法尺度是近几届中较为宽、松、软的，黄牌出得少，红牌基本不用，忙活的是视频回放。球场上身体对抗极为强烈，有的场景如同橄榄球比赛一般，有的拼抢如同玩命一般，人仰马翻平常小事，攻防转换电光火石。其结果，在所有进球中，精妙配合打进的与定位球打进的花开两朵，脚踢进的同头顶进的各表一枝。控制足球、技术流足球，在力量足球面前，屡战屡败，黯然神伤；人高马大，精壮彪悍者大行其道。君若不信，请细看各个阶段的比赛结果：16 强名单出炉时，亚洲只有日本队硕果仅存，非洲队尽墨，南美及中北美洲 7 去其 3，欧洲球队大面积丰收，仅冰岛、塞尔维亚出局。8 强名单出炉时，亚洲继非洲之后，也全没了身影，南美洲及中北美洲只剩乌拉圭、巴西。8 强战罢进 4 强，则成了欧洲球队的天下，世界杯变成了欧洲杯。这也就不奇怪了，足球世界杯冠军奖杯的杯名，就叫大力神杯嘛！

播下的是龙种，收获的是跳蚤，这是例外。种瓜得瓜，种豆得豆，这是常态。裁判执法尺度的宽严，不能不说会左右胜利的天平、结果的走向。当然，足球还是足球，没有好的身体素质不行，没有技术也终究不行。好看的足球，应该是好的身体素质加技术，或者说技术加好的身体素质。也正因为如此，法国、克罗地亚身体素质好，足球水平高，再加上些许好运，最终行稳致远。到这个时候，对观者来讲，谁得大力神杯，既重要，也不重要，好看就行。

（刊于 2018 年 7 月 14 日《人民政协报》）

卡塔尔世界杯是场大戏

　　卡塔尔，一个常住人口只有 260 多万，面积只有 11000 多平方公里，却具有丰富的石油和天然气的国家，用 2200 多亿美元，豪横地举办了一届前所未有的世界杯足球赛。

　　卡塔尔世界杯，是场大戏。不止过程，不止结果。大戏落幕，自然会留下许多话题和回味。

　　地球上的国家和居民，正处于百年未有之大变局之中。世界局势，波诡云谲、暗流涌动，白云苍狗、变幻无常。有的地方，硝烟阵阵，爆炸声、枪炮声不绝于耳；有的地方，零和博弈，钩心斗角，明枪暗箭，愈演愈烈；有的地方，顺应世界多极化发展的时代潮流，践行真正的多边主义，推动构建人类命运共同体，蔚为大观。在这样的背景下，加上"涛声依旧"的新冠肺炎疫情，卡塔尔世界杯，用在沙漠上建立起来的八座别具一格、美轮美奂的足球场，聚集了五大洲 32 个国家的足球队，历时 28 天，用 64 场比赛，演绎了一场又一场荡气回肠的世界第一运动——足球的盛世狂欢。足球，这一普罗大众的世界语，一时间又成了 80 亿人口中相当一部分人共同欢度的节日与绽放激情的契机。一时间，弥合了些许意识形态、经济利益、价值追求之争。卡塔尔世界杯，给世界一些地方的纷扰、躁动、撕裂带来了一抹抚慰、调和与疗伤。

卡塔尔世界杯的多场比赛，没有绝对的强者，也没有绝对的弱者。而在于哪一支队，能将力量、技术、战术、团队配合、意志品质、执行力等要素高度契合，相得益彰，有机地融为一体，全方位地展现出足球的魅力。一名主帅，十一名场上队员，既是导演也是演员，都朝着奔向胜利的方向，尽情挥洒各自的才情。正因为如此，比赛跌宕起伏，峰回路转。比赛过程和结果，有诸多既在意料之外，也在情理之中；也有诸多既不在意料之内，也不在情理之中。即使如此，关键位置上的关键人物，其扳头作用真的不可或缺。有指挥若定的主帅，攻城拔寨的前锋，组织战术、掌控节奏的中场大师，挽狂澜于既倒的门将，更为"纯粹"的足球，终将走得更好、更远。卡塔尔世界杯，将这一定律展示无疑。

卡塔尔世界杯，既可以英雄出少年，也可以黄忠宝刀不老。英雄不问出身，用人别具一格，全凭实力说话。71岁，重病缠身的荷兰主帅范加尔，无论胜利时还是失败时都展现出名帅风范，令人钦佩。参赛球员中，最年长的40岁。葡萄牙前锋C罗、克罗地亚全能中场莫德里奇，以37岁并列高龄球员的第9位。莫德里奇，在淘汰赛中曾连续打过2场加时赛，120分钟下来，依然步履稳健，闲庭信步。另有1名17岁、3名18岁的球员，但凡上场，便以惊艳表现，崭露头角，不负韶华。五次参加足球世界杯的C罗、梅西，在场上依旧慎终如始，兢兢业业，恪尽职守。卡塔尔世界杯告诉我们，只要保持一颗对足球的挚爱之心、奉献之心、拼搏之心，年龄不是问题，出身不是问题，水平才是问题。

在卡塔尔世界杯上，日本队再次进入 16 强，他们战胜德国、西班牙的经历告诉我们，没有什么不可能。在态度上，坚定执着，久久为功；在方法上，建立健全体系，真正从青少年抓起；在观念上，持开放的态度，老老实实地向先进的理念、方法学习，心心在一艺，必有所成果。

卡塔尔世界杯的大戏，以阿根廷队举起大力神杯为句号，落幕了。冠军只有一个队，但比赛的过程精彩激烈、场上的队员星光熠熠。落幕之时，终究有人落寞、遗憾、不舍地离去，终究有人黯然神伤地下课。但足球仍将继续，仍在进行时。不知四年之后，北美洲三国联合举办的第 23 届世界杯，又将是谁的舞台？

（刊于 2022 年 12 月 19 日《人民政协报》，

收入本书时略作改动）

四、即景古绝

桥

离歌声一曲，
袅袅随人去。
桥尽路不尽，
风水两旖旎。

桥

　　走不尽的路，过不完的桥。老人常对年轻人说，我走过的桥，比你走过的路还多，这说的是阅历。桥，不仅有实用功效，也有文学的功效、熨帖心灵的功效，既可"站在桥上看风景"，也可看桥的风景。一部电影《廊桥遗梦》，唤醒多少人对纯真爱情的追求。徐志摩的一首《再别康桥》，"轻轻的我走了，正如我轻轻的来……"，传诵一时，至今仍风采不减。看到桥，不仅路通了，许多时候，也许你会觉得景也延伸了，心也通透了，情也舒畅了。

　　都说中国是桥的故乡。河上、溪上、山间和海湾的桥，石桥、木桥、竹桥和铁桥，沟通的不仅是物流，也是人间星汉的鹊桥。千姿百态的桥，跨过的是路阻，架起的是心路、是通融。

周庄古镇

舟近酒家泊，
人依窗前坐。
饮得月上时，
登去几回错。

周庄古镇

　　苏州的周庄古镇，号称江南第一水乡，多次光临，深感的确不负第一水乡的名头。纵横交错的河道，鳞次栉比的桥涵，沿河而建的明清式建筑，枕河而居的居民，一切的一切，是那样的恬淡、和谐、古朴、幽静；天与人、人与境，是那样的相适、相宜。放眼望去，既可看到陈逸飞先生油画《双桥》的场景，亦可看到一幅幅浑然天成的水墨丹青。烟雨江南，旖旎水乡。此地有美景、美食，更有附着于此，并由此浸润开去的柔美水乡文化。

西府海棠

花盛一年树，
是否香如故？
试问拍摄人，
直道近却无。

西府海棠

春天一到，百花争艳。海棠花因花期稍晚，开得迟些。唯其稍晚，才使人觉得海棠花丰富和延展了春天。宋代晏殊在《诉衷情》一词中称赞："看叶嫩，惜花红。意无穷。如花似叶，岁岁年年，共占春风。"因此有"海棠花中仙"之说，为雅俗所共赏。

海棠有草本、木本两类。据说，木本海棠有数种，其中以花型较大，初开艳红，渐次粉红而显珍贵的西府海棠为最好。在中南海周恩来总理故居西花厅、后海宋庆龄先生故居畅襟斋，就植有西府海棠。西府海棠，凌冬铜枝铁干，临春花如冠盖，仲夏红果累累，入秋摇曳生姿。海棠与伟人故居交相辉映，虽然岁月不居，伟人已仙逝，他们的嘉言懿行，馨香致远。

喇叭沟门

林深不知处，
蝉鸣清可数。
月华摇落时，
隐约归来路。

喇叭沟门

喇叭沟门自然保护区，位于怀柔区喇叭沟门满族乡境内，以北京最大的原生态白桦林区而著称。春天赏花，夏天近翠，秋天品叶，冬天观雪，一年四季芳林陈去、新叶葳蕤，各领其趣。当然，窃以为，秋为胜。

京西古道

西风催瘦马，
漉漉成古道。
至今思商旅，
蹄声犹萧飒。

京西古道

中国历史悠久，作为线性文化遗产的古道颇多，有丝绸之路、茶马古道、唐蕃古道、太行八陉等十大古道之说，如再加上京杭大运河等水道，那就更多了。而在京西的门头沟辖区内，则散布着虽有残败，仍存古风古韵的诸条商道、军道、客道，或者本身就多用合一的古道。驻足牛角岭，一座号称"京西古道第一关"的关隘，被历史风雨无数打磨的石块路，石块上星罗棋布的马蹄窝，以及耳畔似乎回响着的历经千年的艰涩马蹄声、脚步声，无不诉说着南来北往的商贾、士卒、学子、香客天涯逆旅的追求与不易。

房山大滩村

落英暗香送，
清绝随风咏。
一树雪花浅，
一帘晚春梦。

房山大滩村

北京市房山区霞云岭大滩村，早年因交通不便，地处偏僻，"富"在深山人未识，所住农户逐渐搬离。近年经"驴友"发现，在同好中发抖音炫耀，经口耳相传，如今"富在深山有远亲"了。一时，成了摄影爱好者、户外运动爱好者的网红打卡地。也有数户居民返回山中，经营起农家乐、民宿了。

此地依山就势，层层叠叠、错落有致的梯地上，一株株红肖梨树尽情演绎着春天的故事。梨树嫩叶叠翠、繁花如雪、花蕊点红，散布在梯地、梨树中的十余间农舍，或柴门小掩，或摇曳着淡淡炊烟，飘洒着丝丝农家饭菜的清香。深山、古树、石路、农家，一幅世外梨园、处处山居就梨花的景象。4月下旬到大滩村，梨花虽已"徐娘半老"，但仍"风韵犹存"。春天就要过去，相约，秋天再来。

阿坝金川梨花

一年春好处，
十里香满路。
轻暖轻寒时，
花开花离树。

阿坝金川梨花

　　"梅破知春近。"而在四川，则有"春天是从阿坝州金川梨花绽放开始的"之说。不管是文人的浪漫还是真切的现实，当 3 月间置身于金川时，不论是登山遥望还是徜徉于漫山遍野的梨花中，都会感到那梨花摇曳生姿、婀娜灵动，煞是惹人。梨花与山顶未化的积雪、泛绿的苔地、山腰的村落、羌族碉楼、袅袅的炊烟和身着美丽服饰忽隐忽现的少数民族姑娘，浑然一景。既有多彩多姿，又有清简素洁；既可轻舞飞扬，又可静如止水。流目及所，一切转换、衔接都是那么顺畅圆融。身临其境，时光温润，心田闲闲，似乎一切都慢了下来。

川藏高原雪山

岿然九天外，
千秋独雄迈。
长身为傲骨，
俯仰涵九派。

川藏高原雪山

　　出差时不少时候是乘飞机。只要天气好，方便时，总是手持相机，靠着飞机舷窗等待美景。因为不能自主，获得满意图片的概率较小，而其中较满意的就是这一组飞越川藏高原雪山之巅时拍下的照片。

　　乘飞机从成都飞林芝时，舷窗外天蓝如洗，在阳光映衬下，一座座雪峰，着冰雪铠甲，身姿伟岸，高耸入云端，似一半在天上，一半在人间。云开雾散、阳光普照时，壮美；云雾缭绕、犹抱琵琶半遮面时，秀美。一切的一切，是那么令人震撼，感慨莫名。

四姑娘山

峨峨欺云高，

渺渺将天小。

独立群峰外，

千古只一笑。

四姑娘山

　　处于横断山脉、四川阿坝州小金县的四姑娘山，与贡嘎山、梅里雪山一样享有盛名。不仅是世界自然遗产、国家级风景名胜区、十大登山名山，名字就别有诗情画意。四姑娘山由幺妹、三姑娘、二姑娘、大姑娘四座山峰组成。依次排列的四姑娘，海拔却反其道而行之，以幺妹峰最高，也以被称为蜀山皇后、"东方阿尔卑斯山"的幺妹峰最为俊秀。俊秀的幺妹峰与有蜀山之王之称的贡嘎山遥相呼应，使洪荒高原、冷峻雪域，多了些人间的情愫、温馨和期许。

中路藏寨

村落挂天半，
邻里拨云看。
但得开天日，
神形两相忘。

中路藏寨

　　四川省甘孜州丹巴县的中路藏寨，在旅游和摄影爱好者中口耳相传，口碑甚好，大有不到中路藏寨就不算到过甘孜之势。中路藏寨，如是云雾天气，若隐若现，似乎挂在半山、挂在天际。这高山峡谷中的大片碉楼，据说始于北宋年间，沐历史风云，塌了建，建了塌，而绵延至今，并被赋予了多姿多彩的人文色彩。丹巴，不仅有中路藏寨，还有美人谷，还有许多美妙的故事和传说。

黄河乾坤湾

黄河弯几曲，
此湾堪自诩。
静水却流深，
不屈向东去。

黄河乾坤湾

　　黄河，流经多地，所经之处地形地貌复杂多变，形成多个大转弯。故仅在黄河上游，就有九曲黄河之称。而穿越晋陕大峡谷，经山西临汾、陕西延安而南下的黄河，在此形成了宛如太极图般的乾坤湾奇观，并被誉为"黄河九十九道弯，最美莫过乾坤湾"。当然，要欣赏乾坤湾全貌、感受乾坤湾的震撼，从陕西这边居高临下，方能"犹水之就下，沛然谁能御之"。

草原

停停日轮渺，
茫茫天地小。
山河如画图，
一隅放眼眺。

草原

　　时光浅浅，岁月静好。当身处这广袤无垠的天地之间，眼前，是有诗的景；脑际，是有景的诗。一时感到，这不就是古代诗人、画家所说的，诗是无形的画，画是有形的诗的实证吗？我在拍摄和写东西时，往往会有一种感觉：拍照片，图有限而意无穷；写东西，文已尽而意未绝。这就是我将拍照片与码文字结合在一起的初衷。王国维先生在《人间词话》中有言："昔人论诗词，有景语、情语之别。不知一切景语，皆情语也。"这是论诗词，其理亦通摄影。

呼伦贝尔草原

水流春不老，
平野天际小。
长歌醉日月，
极目青袅袅。

呼伦贝尔草原

　　敖包，是蒙古族重要的祭祀载体，草原深处，随处可见。毡房、勒勒车，是蒙古族生活起居、游牧劳作的标配。天苍苍，野茫茫，一条弯曲的河，从天际流来又向天际流去，是呼伦贝尔草原的一个重要标志。一曲"十五的月亮升上天空哟，为什么旁边没有云彩……"的《敖包相会》，传唱了半个多世纪。呼伦贝尔就是一首歌——《敖包相会》，《敖包相会》就是一个草原——呼伦贝尔。

西拉木伦河

秋情何以堪，
山水正未央。
岁月两无猜，
潸然又几番。

西拉木伦河

　　西拉木伦河，蒙古语意为"黄色的河"。河水发源于克什克腾旗大红山北麓，河长近 400 公里。行走在西拉沐伦河岸边，体会着席慕容作词、乌兰托嘎作曲、齐峰演唱的《父亲的草原母亲的河》中的歌词，"父亲曾经形容草原的清香"，"母亲总爱描摹那大河浩荡"，"啊！父亲的草原，啊！母亲的河"，感从中来。回到所住宾馆后找到此歌放听，几至泪奔。遗憾的是，相机可以拍下额尔古纳河的浩荡和草原的碧连天，却留不住在额尔古纳河上唱《父亲的草原母亲的河》的感慨万千。

坝上奔马

岸低秋水阔，
蹄急飞花错。
它日闻塞笛，
聚啸长空破。

坝上奔马

　　乌兰布统的牧民，不仅劳作、生活离不开马，发展旅游项目也需要马。所以，在乌兰布统草原，马是很多的，况且，这里还曾有过繁殖、养育军马的红山军马场。"马令人俊，松令人古。"所以，到乌兰布统旅游、拍摄，观马是一重点项目，其中一个表演节目，就是牧马人呼啸着催赶马群，狂奔冲浪、蹄溅雪花而来、而去的场景。

酒坊

觥筹意何为？
畅饮沁心肺。
识人中酒时，
一壶真况味。

酒坊

酒在我国，历史悠久。酒之于世，确如黄苗子先生所言："酒虽小道，却和世情有关。"不论高雅国宴，还是村头酒旗，不论文人武将，还是市井小民，铺陈了如星河般繁盛的故事趣闻。李白的诗酒人生，是那样恣意，不仅"会须一饮三百杯"，而且"五花马，千金裘，呼儿将出换美酒，与尔同销万古愁"，大有不喝不高，不喝不诗，不高不好诗之势，留下了"唯有饮者留其名""斗酒诗百篇"的一座难以攀登的高峰。酒是水质的诗，诗是心酿的酒。当然，还得谨记"物无美恶，过则成灾"，"唯酒无量，不及乱"。

敦化寒葱岭

秋临君知否，
已是红欲透。
拾来三两叶，
签书遗香久。

敦化寒葱岭

　　延边市敦化寒葱岭枫叶谷，秋白时节，层林尽染，漫山彩绣，有"遇到寒葱岭枫叶，是你遇到的最美妙的景色"之说，有"五花山"之誉。清人张英曾说，"山色朝暮之变，无如春深秋晚"。秋天的火红，秋天的冷峻，秋天的浓郁，秋天的雅静，汇集于一山一谷。身临其境，自然就会感到古人所云，"停车坐爱枫林晚，霜叶红于二月花"，"树树皆秋色，山山惟落晖"，"山色浅深随夕照"，说的是古时，也契合当下。

阿佤山

佤山牛头祭，

不二风俗异。

何以护苍生，

白骨镇戾气。

酒坊阿佤山

　　佤族，我国 56 个民族之一，跨国而居，主要分布于中国云南、缅甸佤邦等，我国境内现有约 38 万余人。中华人民共和国成立后，属于从原始社会一步跨越千年，进入社会主义社会的"直过"民族。佤族居住在山区，有剽牛、祭牛头、牛图腾的风俗，在有 3000 多年历史的临沧市沧源崖画中，就有许多牛的图像。在佤族山寨路口、村寨边的山涧，往往较集中地悬挂、放置众多牛头骨，如佤族村翁丁村口的路两边，就有挂满牛头的路墙。百里不同风，千里不同俗。少数民族的风俗习惯，是一个民族有别于其他民族的特征之一。

藏密

雪域涵藏密，
经幡飘天际。
一步一稽首，
一转一安救。

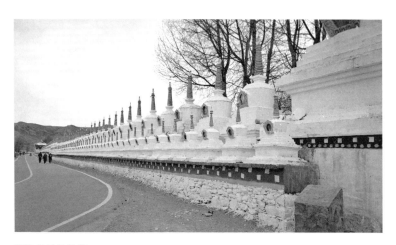

藏传佛教的佛塔

　　在藏区深处行走，经常可以看到大型或小型、由写着藏传佛教六字真言的石块堆砌成的玛尼堆，以及佛塔和在水边、山上、村旁迎风翻飞的经幡。如再巧遇在拜佛路上，或转神山、神湖、转经桶的信徒，更会感叹信仰的感召力。正如文学大师沈从文先生所说，信仰是要靠韧性来支持，不能单凭冲动。煨桑的青烟袅袅，梵呗的声音阵阵，此情此景，真真让人心为之一静、一净。一方水土养一方人。宗教与民族的关系，似乎可以从民族即宗教、宗教即民族的角度，作些新的探索。如此，也许会对雪域高原的藏传佛教，有更多的了解和认识。

承德外八庙

万法皈依处，
千条成佛路。
不妨吃茶去，
反求诸已悟。

承德外八庙

承德避暑山庄及外八庙，是清朝康熙年间开始修建的，一为避暑所用，一为西藏等地宗教、贵族人士朝觐皇帝时礼佛所用。初期十二座，由清政府直管的八座，故称为"外八庙"，为藏式、汉式和汉藏结合三种，既气势恢宏，又风格各异。外八庙，从一个侧面，反映了清王朝对边疆少数民族及宗教管治、团结的价值观念和政策导向。

海岸弃船

瓦罐井上破，
折帆浅湾唇。
至今思长风，
何日鼓浪濯。

海岸弃船

曾经出没风浪，胜利而归；曾经满载渔获，伴着晚霞返航。如今，英雄迟暮，功成身退。那横亘在岸边形销骨立的身躯，那面向茫茫大海昂然的船头，是在回忆、眷恋往昔的辉煌？还是在感叹、述说世事的薄凉？其实，也许它只是想该离开修罗场，歇歇了，只是想该放下执念，到幻化成埃，回归自然的时候了。

红嘴鸥

鸥飞春光昶，
欢谐四时旷。
协和天地人，
物我俱疏缓。

红嘴鸥

　　莺飞草长、花红柳绿的三四月，是昆明滇池观赏红嘴鸥的最佳时节。一时间，滇池海埂大堤上，游人如织，飞临的红嘴鸥也有遮天蔽日之势。喂红嘴鸥的老人、孩子，时而欢呼，时而惊叫；红嘴鸥时而俯冲直下叼走食物，时而停站在大堤护栏或游人肩上。忙的是摄影爱好者，为取得佳图，一通忙活。滇池浪晏水清，红嘴鸥自由飞翔，绿水青山与飞鸿影下，一派人与自然、人与飞禽和谐相处的景象。

后记

2023 年 1 月，第十三届政协全国委员会第 25 次常委会审议通过第十四届政协全国委员会委员名单。我因年龄及已任第十一、十二、十三三届委员，不再连任，可退休了。因而有较宽裕的时间，到一些地方走走看看，并继续写点东西。在团结出版社社长梁光玉等朋友的鼓励支持下，并在全国政协原常委、著名书法家修福金兄赐墨宝题写书名、写序言的推动下，将这些年在《人民政协报》等发表过的闲言碎语（有的用笔名"未央言"），汇集成册，付梓刊发。书名，则引用欧阳修诗"岁月坐易失，山川行知遥"中的一句。在此谢谢各位好友。

癸卯年三十之夜，在昆明家中，时断时续地看完央视春节联欢晚会后，在漫天响彻的爆竹声中难以入眠，索性披衣而起，第一次尝试以填词方式，写下对自己过往人生的感慨。草成之后，经师友指点修改，尚且合辙协律。录于下，权且作后记。

沁园春·致仕

（癸卯年元月）

已过耆年，

致仕有期，

体智尚豪。

历少年"文革"，青年插队；

读书勤政，披露劬劳。

宦海平生，差池些步，

总有思量欠协调。

何曾想，

届挂冠解绶，坦然长腰。

兴来摄影拈毫。

与知己八杯老酒浇。

聚笑谈过往，此之时也；

推杯换盏，又起心潮。

明月清风，桑榆非晚，

随意称心品自高。

休叹谓，

问初霜华发，占得逍遥。